KB012696

목마 퓨전 판타지 장편소설
WISHBOOKS FUSION FANTASY STORY

 17

목마 퓨전 판타지 장편소설

초판 1쇄 찍은 날 | 2020년 10월 13일
초판 1쇄 펴낸 날 | 2020년 10월 20일

지은이 | 목마
펴낸이 | 예경원

기획 | 위시북스
편집책임 | 이은송
편집 | 위시북스

펴낸곳 | 예원북스
등록번호 | 제396-2012-000132호
등록일자 | 2012. 7. 25
KFN | 제1-563호

주소 | 경기도 고양시 일산동구 호수로 646-24 위너스21 II빌딩 206A호 (우)10401
전화 | 031-819-9431 팩스 | 031-817-9432
E-mail | yewonbooks@naver.com

ⓒ목마, 2019

ISBN 979-11-365-4306-6 04810
        979-11-6424-342-6 (set)

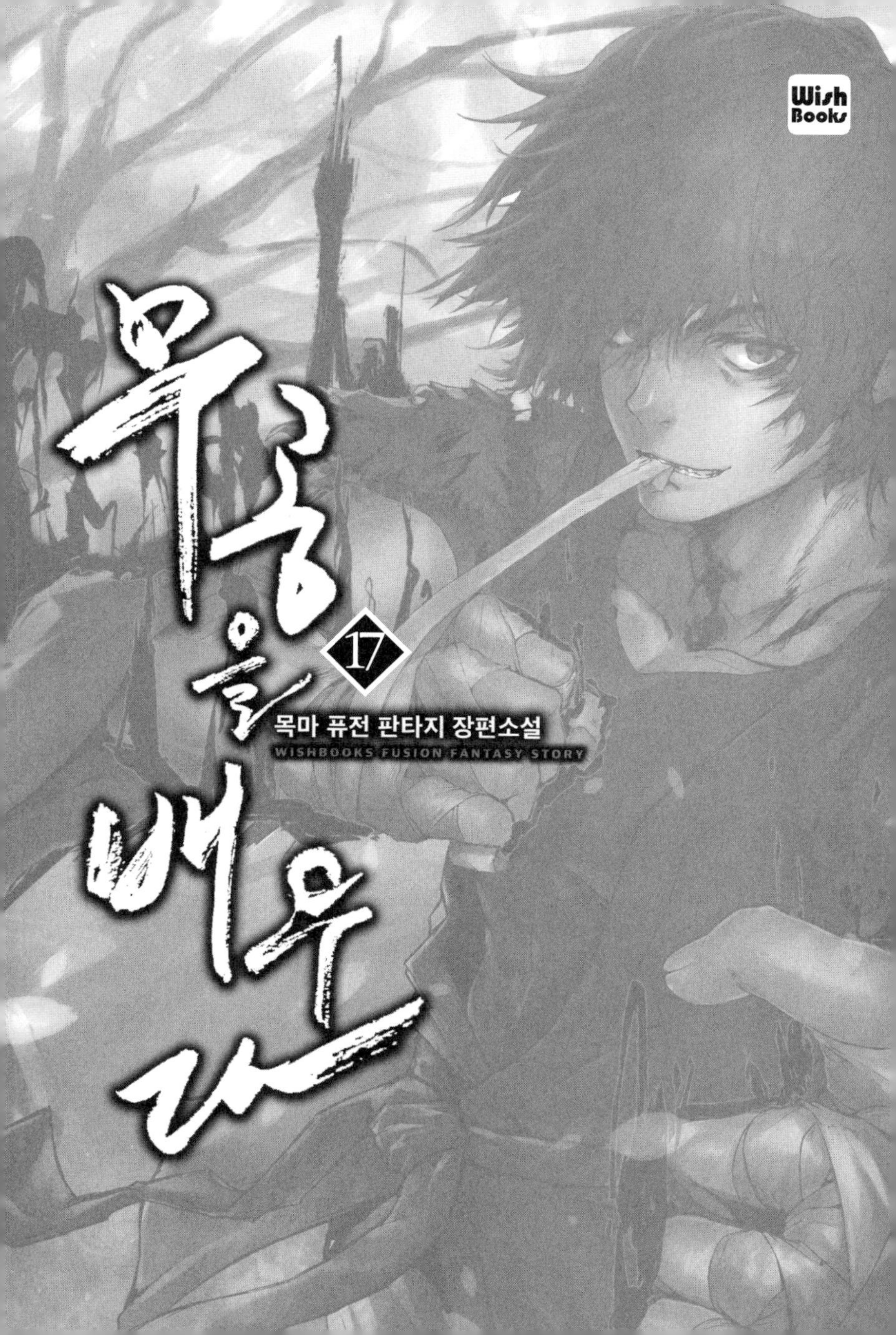
Wish Books
무공을 배우다
17
목마 퓨전 판타지 장편소설
WISHBOOKS FUSION FANTASY STORY

CONTENTS

1장 이제   7

2장 뭐긴   37

3장 붕괴   69

4장 예고   97

5장 운명   125

6장 퓨어세인트   155

7장 주인   187

8장 저울   217

9장 인형 놀이   245

10장 안녕   275

1장
이제

큰 환호성이 끝나기도 전이었다. 요란한 굉음과 함께 빌딩에서 검뿌연 시멘트 먼지가 치솟았다.

마룡왕은 휘둘러 친 꼬리를 꿈틀거리며 팔짱을 꼈다.

오오오…….

환호성이 점차 낮아지다가 뚝 멈추었다. 그를 이은 것은 당혹 넘치는 웅성거림이었다.

"보시오."

마룡왕은 그렇게 중얼거리면서 드레이브가 처박힌 빌딩을 향해 날아갔다.

그토록 강렬한 빛을 내뿜었던 주제에, 드레이브의 방어는 참 뚫기 쉬웠다.

"그대가 아무리 신을 찾아보았자 바뀌는 것은 아무것도 없소이다. 저 하찮은 것들이 그대와 퓨어세인트를 연호한단들 그건 아무 의미 없는 외침일 뿐이라오."

후두둑!

무너진 잔해 속에서 드레이브가 몸을 일으켰다.

요란스레 날아 빌딩에 처박히기는 했지만, 그는 시멘트 먼지만 잔뜩 뒤집어썼을 뿐 상처는 입지 않았다.

"굳이 지적하자면, 무엇 하나 제대로 된 것이 없다는 말이오. 이건 성전이 아니오. 싸움도 아니지. 본녀는 일방적으로 그대를 죽일 것이오. 그대의 빛은 세상을 밝히지도, 저 아래의 하찮은 것들에게 희망을 줄 수도 없소. 오히려 그대의 발악으로 저들은 진짜 절망이 무엇인지만 알게 되겠지."

마룡왕은 심드렁한 목소리로 말했다.

타악.

빌딩 한복판의 구멍으로 걸어 들어온 마룡왕은 일어선 드레이브를 보았다.

"착각하지는 마시오. 방금의 일격은, 그대의 헛된 지껄임을 끊기 위한 일격이었을 뿐. 그대를 죽이고자 한 공격은 아니오. 그러니 딱 그 정도였소."

화아악!

드레이브의 몸이 빛에 휘감긴다. 정통으로 처맞아 빌딩에 처박힌 주제에, 드레이브는 일말의 두려움 없는 눈으로 마룡왕을 응시했다.

정면으로 든 아스트로가 내뿜은 빛이 떠도는 먼지들을 모조리 날려 버리며 창문을 깨뜨렸다. 하지만 그를 마주한 마룡왕은 머리카락 한 올 흔들리지 않았다.

"딱 그 정도. 입을 닥치게 할 정도였지."

떨림 없는 눈동자는 마음에 들었다. 겁에 질려 떠는 것보다는 저런 눈이 좋다.

물론 그 '좋다'라는 것은 기호의 일종일 뿐, 호감은 아니다. 목숨을 구걸하는 적보다는 사력을 다해 덤비는 적이 좋을 뿐이다.

하지만 알 수 없단 기분도 들었다. 목숨을 포기하고 발악하는 심정이 된 것도 아니다. 드레이브의 눈은 굳건한 믿음으로 가득 차 있었다.

"맙소사."

마룡왕은 헛웃음을 터뜨리며 손가락을 굽혔다.

"그대는 정녕 본녀를 쓰러뜨릴 수 있노라 생각하고 있는 게요?"

오만하다는 생각보다는.

"제정신이오?"

마룡왕은 어이가 없어서 그렇게 물어보았다.

드레이브는 대답하지 않는다. 강신? 아니, 하지 않았다. 지금 이곳에 있는 것은 틀림없는 드레이브 본인이었다.

그는 두려움 없이 마룡왕을 향해 땅을 박찼다.

그 모든 행동은, 드레이브의 의지로서 행해졌다. 그는 자신의 행동이 퓨어세인트를 위한 것이며, 퓨어세인트가 바라는 것이라 믿고 있었다.

퓨어세인트는 이곳에서 마룡왕을 막으라고 말했다. 마룡왕을 쓰러뜨리라고 말했다.

빛의 날개가 활짝 펼쳐졌다. 드레이브의 몸이 믿을 수 없을 만큼 빠르게 가속했다.

퓨어세인트는, 신은, 세상으로 나가라고 말했다. 우러르는 모든 이들에게 참된 신이 이 세상에 왔음을 알리라고 말했다.

인간을 위하는 상냥한 신은 어비스에 고통받는 이 세상을 구원하고자 했다.

드레이브는 왜 신이 이곳에서 마룡왕과 대적하라 명한 것인지 깨달았다.

신을 믿지 않는 저들의 무지함을 계몽시키기 위해서다. 마룡왕은 인간들이 가진 공포의 현신이라 할 수 있었고, 그런 공포를 빛으로 물리친다면 무지몽매한 자들이라도 누가 참된 신이며 옳은 존재인지를 알게 될 것이다.

그렇기에 드레이브는 두려움이 아닌 사명과 신앙을 가득 품었다.

거대한 빛이 된 그는 마룡왕을 향해 돌진했다.

환호성이 더 이상 들리지 않는다. 아무래도 바깥의 불신자들은 커다란 착각을 하고 있는 듯했다.

저 괴물은, 절대로 신을 넘볼 수 없다. 신이 자신과 함께하는 이상 드레이브는 절대로 패배하지 않는다.

꽈직!

그건 드레이브의 일방적인 생각이었다. 마룡왕이 휘두른 꼬리가 드레이브의 몸을 때려 갈겼고, 드레이브의 몸이 빌딩의 벽을 박살 내며 건물 바깥으로 날아갔다.

"아아아아!"

사람들이 탄식을 터뜨렸다.

아찔한 통증이 밀려온다. 이번의 일격은 아까와 비교도 할 수 없이 거셌다.

하지만 드레이브는 비명을 지르지 않고 하늘에서 날개를 활짝 폈다.

"믿으라!"

날개를 펴고서 하늘에 멈춘 드레이브는 쩌렁쩌렁 고함을 질렀다. 입술 바깥으로 흘러내리는 피를 무시하며, 드레이브는 또다시 검을 높이 치켜들었다.

"빛은 절대 꺼지지 않는다!"

"뭔 소리인지 모르겠구려."

마룡왕은 그렇게 중얼거리면서 건물 바깥으로 나왔다. 그녀는 심드렁한 눈으로 아래에 몰린 인간들과 빛을 내뿜는 드레이브를 번갈아 쳐다보았다.

"본녀가 너무 상냥했던 모양이군"

마룡왕은 그렇게 중얼거리면서 용마력을 일으켰다.

차라락!

목 언저리의 비늘이 치솟아 투구가 되었다. 마룡왕은 비늘에 뒤덮인 팔을 들어 올렸다.

이번에도 먼저 뛰어든 것은 드레이브였다. 시도한 공격이 번번히 가로막혔음에도, 드레이브에게는 그로 인한 절망 따위는 느껴지지 않았다.

그것이 당연했다. 이 모든 것이 신의 뜻이며, 지금 드레이브는 성전의 시작이자 선봉에 선 신의 도구였다.

또한, 그는 이미 한 번의 죽음을 겪어보았다. 죽음은 끝이 아니다. 이곳에서 처참하게 죽는다면 퓨어세인트의 천국에 갈 뿐이다.

그 완전하고 굳건한 신앙. 그것에는 일말의 흔들림도 없었다. 그 신앙은 드레이브로 하여금 순교를 마다하지 않게끔 만들었다.

물론, 의혹이 없는 것은 아니다.

휘둘러 친 꼬리에 밀려나고, 이어 들어온 손톱에 말브론이 찢긴다. 반격으로 휘두른 아스트로가 내뿜는 성광은 마룡왕의 시뻘건 용마력에 삼켜졌다.

'나의 신이시여.'

왜 오지 않으시는 겁니까.

퓨어세인트는 강신하지 않는다. 이곳에서 싸우는 것은 온전히 드레이브 본인이었다. 이곳에서 마룡왕을 막으라는 말 이후로 퓨어세인트의 목소리는 더 들려오지 않는다. 강렬한 성광을 내뿜고는 있지만, 그 이상 가는 신력은 없다.

어째서?

팔을 휘두르기도 전에. 몸을 뒤로 빼는 것보다 빠르게. 말브론이 통째로 갈라졌다.

칼날처럼 날카로운 손톱이, 신의 방패이자 결코 부서지거나 뚫리지 않을 말브론을 베어버렸다. 하지만 드레이브는 말브론을 놓지 않았다.

'믿음.'

전력의 차이는 절망적이다. 그건, 드레이브도 잘 알았다. 아무리 신의 뜻을 떠들어 보아봤자, 눈앞의 괴물은 절대로 드레이브가 상대할 수 있을 만한 존재가 아니었다. 싸우면 진다. 죽는다.

하지만 그조차도 신의 뜻이다.

그 믿음은 흔들리지 않는다. 왜 신이 오지 않는가, 라는 의혹은 의혹일 뿐이지 신앙의 의심은 되지 않는다.

그래, 이조차도 신의 뜻이며, 시련인 것이다. 위대한 신의 뜻을 어찌 인간이 알 수 있단 말인가? 다만, 짐작할 수 있는 건.

신은 반드시 이겨낼 수 있을 시련만을 준다는 것과, 설령 신의 뜻에 보답해 드리지 못할지라도 자신의 죽음은 영광스러운 순교로서 빛을 밝히는 장작이 될 것이라는 믿음.

"싸우고 있어……."

그러한 믿음이 드레이브를 움직이게 만든다. 신앙과 믿음이 두려움을 지워 버린다. 자신의 죽음을 순교로 포장해 결코 이길 수 없는 강적에게 숭고하게 맞서게 만든다.

마룡왕의 말대로였다. 이건 싸움이 아니었다. 마룡왕은 일방적인 폭력의 화신이었고 그 앞에서 드레이브의 빛은 반딧불이의 것처럼 나약해 보였다.

하지만 꺼지지는 않는다.

마룡왕이 내뿜는 용마력은, 드레이브의 성광을 통째로 집어삼키지만 그 시뻘건 불길 속에서도 드레이브의 빛은 미약하게나마 반짝인다.

마룡왕의 공격은 이미 말브론을 분쇄했고, 드레이브가 쥐고 있는 것은 손바닥보다 작아 더 이상 방패라 할 수도 없을 쇳조각뿐이다.

하지만 드레이브는 그 쇳조각을 방패로 사용하고 있었다.

아무것도 막지 못하지만, 퍼부어지는 공격마다 그 쇳조각을 앞으로 내세운다.

마치 보이지 않는 방패를 들고 있는 것처럼.

그렇게만 할 뿐. 실상은 아무것도 없어서, 갑옷이 찢기고 으스러지고…… 팔은 비틀려 뼈가 튀어나오고 피투성이가 되어가지만. 그럼에도, 방패는 놓지 않는다.

검 또한 여전히 쥐고 있었다. 성검 아스트로. 말브론과는 달리 알려지지 않은 신물이지만, 드레이브가 검을 휘두를 때마다 검은 눈 부신 빛을 내뿜는다.

그것도 박살 났다. 검신은 남지 않았다. 덩그러니 남은 칼자루만 손에 꽉 쥐고 있을 뿐. 하지만 빛은 꺼지지 않는다.

드레이브가 죽은 것도 아니었다.

"싸우고 있어……."

"이길 수 없잖아. 뭐가 신이라는 거야?"

"하지만 도망치지 않잖아……. 왜?"

"우리를 지키기 위해서?"

전투가, 아니, 일방적인 폭력이 시작되고서 시간은 오래 흐르지 않았다.

10분도 안 되는 시간에 마룡왕은 드레이브를 죽음 직전까지 몰아붙였다. 그마저도 '충분히' 봐주었기 때문이었다.

사람들의 눈에는, 드레이브가 자신의 목숨과 바쳐 저 괴물을 '막는 것'으로 보였다.

저 괴물이 얼마나 끔찍하고 두려운 존재인지는 모두가 알았다. 신비경, 용성군. 왜 용성군이 그렇게 죽었는지는 알 수 없는 일이나, 저 괴물은 셀 수 없이 많은 신비경의 짐승들을 학살하고 용성군을 끔찍한 방법으로 죽여 버렸으며, 신비경 전체를 불태워 버렸다.

사람들은 마룡왕이 누구인지 모른다. 다만, 그녀가 여태까지 나타났던 그 어떤 몬스터보다 위험하다는 것은. 신비경의 멸망을 본 이상 알 수밖에 없는 일이다.

그런 괴물을 상대로 드레이브가 저항하고 있다. 신을 외치며, 빛을 내뿜는다.

사람들은 저 괴물이 아래로 내려와 대학살을 시작하는 것을 어렵잖게 상상할 수 있었다. 거대한 공포가 군중에게 전염된다.

하지만 도망치는 사람은 많지 않았다.

무릎 꿇거나, 엎드려 기도하는 사람들이 많았다. 퓨어세인트와 계약한 헌터들이 시작이었고, 그것마저 군중을 전염시켰다.

다른 군주와 계약한 헌터들마저 무릎을 꿇고 드레이브와 퓨어세인트에게 기도를 올렸다.

"지지 마!"

"지면 안 돼!"

"드레이브!"

그리 외치는 것은 어린아이들이 시작이었다.

세계적으로 히트한 드레이브의 영화는, 그 수준과 평가를 떠나 많은 사람이 본 영화였다.

미디어에도 많은 노출이 되었다. 극장에서 내려온 뒤에는 이례적일 정도로 빠르게 TV에도 방영되며 무료로도 공개되었다.

걸핏하면 영화 채널에서 틀어대는 통에 작작 좀 틀라는 불만이 들끓을 정도였다.

그리고 영화로 이룬 모든 수익은 퓨어세인트 재단을 통해 기부되고 미담으로 포장되었다.

미담과 흥행 성적. 그렇다고는 해도 처참한 영화였다. 누구나 생각할 수 있는 흔해 빠진 스토리와 전개.

하지만 아이들은 열광했다. 요즘에는 오히려 찾기 힘든 정석적이고 뻔한 모습이, 아이들로 하여금 드레이브를 히어로라 생각하게 만들었다.

간절함이 담긴 응원을 외치는 어린 목소리에 어른의 목소리가 섞였고, 군중은 드레이브와 퓨어세인트의 이름을 외쳤다. 쓰러지면 안 된다고. 저 사악한 괴물을 물리쳐 달라고.

마룡왕은 불쾌감 없이 그 외침들을 들었다.

진즉에 죽일 수 있었다. 하려고 들었다면 처음의 공격으로 드레이브를 죽일 수도 있었을 것이다.

하지 않았다. 퓨어세인트가 무슨 꿍꿍이인지도 궁금했고, 대체 어디까지 몰아붙여야 그녀가 강신할지도 궁금했다.

그리고 저 흔들리지 않는 눈동자를 절망으로 물들이고 싶었다. 모두가 연호하는 중에, 결코 바뀌지 않을 결과를 짐작하고 절망하게 만들고 싶었다. 비명을 지르면서, 살려달라고 구걸하게 만들고 싶었다. 그 추한 모습을 만천하에 보여주고 싶었다.

마룡왕은 그런 것이 좋았다. 하지만……. 아직도 드레이브는 절망하지 않고 있다. 팔다리가 으깨진 와중에도 말브론과 아스트로를 놓지 않고, 덤벼든다.

마룡왕은 작게 혀를 찼다.

"이쯤 해야겠군."

보고 싶었던 광경을 보지 못하게 된 것은 조금 짜증 났지만. 더 발악하는 꼴을 보고 싶지도 않았다. 퓨어세인트는 아직까지도 오지 않았다.

오히려 이쪽이 노림수였나?

'본녀를 그 숲이 아닌 다른 곳으로 보내기 위해?'

설령 그렇다 해도 상관없다. 마룡왕의 손 앞에 붉은 용마력이 응집되었다. 죽이고 돌아가면 될 뿐이다. 바뀌는 것은, 아무것도 없다.

드레이브는 저것이 마지막임을 짐작했다. 오히려 지금까지 버틴 것이 대단한 일이었다.

'신이시여.'

나의 존재는 당신의 바람에 걸맞았습니까.

드레이브는 말브론을 앞으로 세우며 돌진했다. 이번에도 그는 도망치지 않았다. 그는 신앙과 각오를 품고, 순교를 향해 나아갔다.

그 순간. 드레이브를 뒤덮은 빛은 그 어느 때보다 밝아졌다.

"아아!"

부풀어 오른 끝에 쏘아진 용마력과 충돌하며, 드레이브는 거대한 환희를 느꼈다.

고통이 모조리 사라지고 희열이 몸을 떨게 했다. 아름다운 음률의 종소리가 머릿속을 떠돌았고, 드레이브는 눈앞에서 아름다운 신의 모습을 보았다.

지상의 모든 사람도 그것을 보았다. 붉은빛에 삼켜지던 드레이브의 등 뒤. 환한 빛을 뿜어내는 날개가 커지는 것을. 그 커다란 날개가 부드럽게 접혀져, 마치 양손으로 감싸듯이 드레이브의 몸을 감싸는 것을.

아아아아!

외침이 파도가 되어 광장을 휩쓴다. 그들은 눈앞에서 '기적'을 목도했다. 드레이브의 몸을 감싼 빛이 붉은빛을 가르고 있었다.

'퓨어세인트?'

이제 와서? 마룡왕은 헛웃음을 흘렸다. 무슨 의미가 있다는 거지?

마룡왕은 용마력을 더 흘려 보냈다.

"드레이브!"

"신이시여!"

"퓨어세인트 님!"

드레이브의 모습이 빛에 삼켜지고 붉은 용마력이 하늘을 가로지르고 사람들이 외침이 간절함으로 하나가 되었을 때.

"……응?"

마룡왕의 눈이 크게 떠졌다.

전조 없이 일어난 빛의 파도가 마룡왕의 눈을 멀게 만들었다.

[이제 되었습니다.]

드레이브는 자신의 몸을 내려다보았다.

몸은, 아무것도 입고 있지 않았다. 헐벗은 몸뚱이에는 상처 하나 없었다. 드레이브는 멍한 눈이 되어 앞을 보았다.

어느새 눈앞에는 퓨어세인트의 꽃밭이 펼쳐져 있었고, 그가 섬기는 아름다운 신은 그 꽃밭 한가운데에서 양팔을 벌려 드레이브를 맞이하고 있었다.

[이리 오세요, 사도여. 이제 모두 되었습니다. 더 이상 당신이 고통받을 필요는 없습니다.]

그 부름에 드레이브는 머뭇거리며 발을 앞으로 움직였다.

화악!

그의 등 뒤에서 펼쳐진 날개가, 드레이브의 머뭇거림을 떠밀었다. 그는 순식간에 퓨어세인트의 품 안으로 날아들었고.

퓨어세인트의 몸을 지나쳤다.

"아."

드레이브는 당황해 고개를 돌렸다. 그러나 뒤돌아본 곳에 퓨어세인트의 모습은 보이지 않았다.

꽃밭도 없었다. 그는 아무것도 없는 시커먼 어둠 속을 추락하고 있었다. 빛의 날개는 어느새 사라져 있었다. 대신 보이는 것은, 거대하고 불길한 나무였다.

"……신?"

드레이브는 멍하니 중얼거렸다.

촤라락!

나무에서 튀어나온 시커먼 줄기가 드레이브의 몸을 휘감았다. 드레이브는 아무런 저항도 하지 못하고 줄기에 사로잡혀, 나무로 빨려 들어갔다.

"이게 신?"

정말로?

최후의 순간에 드레이브는 자신의 신앙을 의심했지만, 신은 그 의심에 대답해 주지 않았다.

시야가 백색으로 물들었다. 아무리 마룡왕이라지만 이 상황에는 당황함을 느낄 수밖에 없었다.

눈앞이 하얗게 변해 버린 것뿐만이 아니다. 무언가가 엄습해 온다. 그것이 무엇인지는 알 수 없었으나, 분명한 것은 있었다.

이해를 떠나 밀려온 위기감이 마룡왕을 뒤로 물러서게 만들었다.

[조심하세요!]

검무희의 외침이 마룡왕을 움직이게 만들었다. 부풀어 오른 용마력이 마룡왕의 몸을 휘감았다.

커다란 충격이 밀어붙여 왔다. 아찔한 기분과 함께 마룡왕의 몸이 뒤로 날아갔다.

서서히 시야가 되돌아온다. 하지만 아직은 잘 보이지 않는다. 마룡왕은 뒤로 날아가는 몸에 제동을 걸며 입을 크게 벌렸다. 젖혀진 가슴이 크게 부풀었다.

번쩍!

기염이 쏘아졌다. 되돌아온 시야를 붉은빛이 뒤덮었다. 쏘아낸 기염은 마룡왕의 몸을 뒤로 밀어낼 정도로 강력했다.

하얀빛이 반짝거렸다.

콰르르르!

붉은빛으로 타오르는 기염이 흩어진다. 그를 가로막은 것은 거대한 빛의 방패였다.

이제야 눈이 제대로 보인다. 마룡왕은 쏘아낸 기염을 가로막는 빛의 방패를 보며 눈을 부릅떴다.

아아아!

저 아래의 사람들이 탄성을 내질렀다.

마룡왕은 방패의 너머를 노려보았다. 활짝 열린 '문'의 너머에서 끔찍한 광경이 보였다.

드레이브가 보였다. 나락처럼 시커먼 어둠 속으로 떨어진 그는, 뭔지 모를 나무의 넝쿨에 휘감겨 통째로 삼켜지고 있었다.

마룡왕은 드레이브의 얼굴이 환희에서 절망으로 바뀌는 것을 보았다. 드레이브를 통째로 삼킨 나무가 무엇인지는 알 수 없었으나, 그것이 발하는 불길함은 용옥을 평범히 여길 정도로 끔찍했다.

"퓨어세인트?"

마룡왕은 눈을 찡그리며 질문했다. 기염을 가로막았던 방패의 빛이 새로이 뭉친다.

괜한 질문이었다. 빛 속에서 나타난 존재는 예전 어비스에서 마룡왕이 만났던 존재가 틀림없었다.

퓨어세인트였다.

완전히 강림한 그녀의 등 뒤는, 더 이상 나무가 보이지 않았다. 하지만 사라졌다고 해서 보았던 기억마저 사라지는 것은 아니다.

마룡왕은 어이가 없어서 내뱉었다.

"그대. 사도를 어찌한 게요?"

"천국으로 인도하였습니다."

퓨어세인트는 담담한 목소리로 대답했다.

그녀는 수년 전 어비스에서 보았던 모습과 변함이 없었다. 여전히 작고 아름다운, 숭고함을 강요하는 고결한 소녀의 모습. 하늘거리는 백의마저도 변함이 없었다.

하지만 다르다. 겉모습이 아닌 본질이 너무나도 다르다. 눈앞에 있는 것은 틀림없는 퓨어세인트였으나, 마룡왕은 도저히 그녀를 퓨어세인트라고 생각할 수가 없었다.

"그대가 이리도 추악한 존재였소?"

마룡왕은 믿을 수 없다는 투로 물었다. 예전에 보았던 퓨어세인트는, 그 위선투성이의 행동이 마음에 들지는 않았어도 추악하다 느낄 정도의 기질은 발하지 않았다.

하지만 지금은……. 마주 서 보는 것만으로도 구역질할 수 있을 것 같은 추악함이 느껴진다. 방금 전 보았던 나무의 끔찍함이 퓨어세인트에게도 그대로 느껴지고 있었다.

"오랜만입니다, 마룡왕."

퓨어세인트는 빙긋 웃으며 말했다. 질문에 대답해 줄 생각은 없어 보였다.

"와아아아!"

커다란 함성이 하늘을 흔들었다. 아래 모여 있는 수많은 사람들이 퓨어세인트의 강림을 보았다. 그것은 틀림없는 기적이었다. 기적을 목도하여 열광하지 않을 사람들이 어디 있을까?

열광은 저 아래의 광장에서 끝나지 않았다.

"들리십니까?"

퓨어세인트는 아래를 내려 보면서 소곤거렸다.

"수많은 이들이 제 강림을 연호하고 있습니다."

마룡왕을 상대로 분전하던 드레이브의 모습은 전 세계의 수많은 사람들이 보았다.

"어떻게 그대가 강림할 수 있는 것이지?"

강신이 아니다. 강신의 그릇으로 삼아야 할 드레이브는 그 알 수 없던 나무에 삼켜져 사라져 버렸다.

그런데도 퓨어세인트는 이 세상에 나타났다. 권속을 사용한 강신도 아니다. 눈앞에 있는 것은 틀림없는 퓨어세인트의 본신이었다.

"수많은 인간의 염원이 저를 불렀기 때문이지요."

그들이 똑같이 소원하는 기적이 현현한 것이다. 그것이 가능했던 것은, 퓨어세인트가 수년 동안 '오늘'을 위해 공을 들여온 덕분이었다. 그녀가 이룩한 거대한 종교와 그들이 바라는 염원이 그런 기적을 일으켰다.

"염원……?"

"당신은 이해할 수 없을 겁니다, 마룡왕. 그대는 무조건적인 파괴만 해왔으니까요."

"……하하! 그렇기는 하지. 하지만……. 퓨어세인트. 본녀는 그대를 잘 모르기는 하지만, 그대가 본녀의 파괴를 비난할 입장이 아니라는 것은 알겠소."

마룡왕은 어이가 없다는 얼굴로 비웃음을 흘렸다.

"방금 전. 본녀가 보았던 것이 무엇인지는 모르겠으나……. 확신해 드리지. 그대는 본녀가 알고 있는 그 어떤 존재보다 추악하오. 오물이라도 그대의 앞에서는 스스로를 추악하다 뽐낼 수 없을 것이오."

그 용성군조차도 퓨어세인트보다 추악하지는 않을 것이다. 적어도 놈에게는 비웃음 나오는 이상이라도 있었다.

용의 시체를 뭉치고 혼을 뒤섞어놓은 용옥조차도 아까의 나무보다는 훨씬 봐줄 만했다.

"저들의 염원이 기적을 일으켜 그대를 불러왔다고? 하하하! 토 나오는 촌극이구려. 오물을 불러오는 기적이라니, 한심하기 짝이 없는 기적이오. 그대. 대체 얼마나 큰 추악함을 바탕으로 하고, 얼마나 큰 거짓으로 자신의 추악함을 감추고 있는 게요?"

마룡왕은 웃음을 터뜨리며 퓨어세인트에게 쏘아붙였다. 하지만 퓨어세인트는 항변 없이 빙그레 웃기만 했다.

사람들의 함성은 끝나지 않는다. 그들은 열렬히 퓨어세인트의 신명을 외쳤고, 세상을 위협하는 괴물을 물리쳐 모두를 구원해 달라고 기도하고 있었다.

"바뀌는 것은 없소."

마룡왕은 아래의 외침을 무시하며 앞으로 나섰다. 투구 안의 눈동자가 살의를 터뜨렸다.

"사실 그대에게 가진 원한이라고 해봐야 이제 와서는 별것도 아닌 것처럼 느껴진다오. 너무 큰 원한을 갚아버렸기 때문인지. 아니면 이렇게 된 처지에 만족하게 되어서인지."

마룡왕이 혼돈에 삼켜졌던 것은 퓨어세인트의 함정 때문이었다. 하지만, 스스로 말했듯이 이제 와서는 그것을 대단한 원한이라 느끼지 않게 되었다.

결국은 소멸하지 않고 눈을 떴고, 부자유스러운 신격이 사라진 것으로 불완전한 자유를 얻었다. 이런 몸이 되었기에 용성군을 죽일 수 있었고 백현을 만났으며, 이곳에 왔다.

"하지만, 그렇다고 그대와 하하호호 웃을 기분은 아니군. 그대가 정중히 사과를 빌고 목을 내민다면 고통 없이 끝내는 드리지. 목숨을 구걸한다면 비웃음으로 그대를 짓밟은 뒤에 처박혀 연명이나 하라고 보내줄 요량도 있소. 자, 어쩌시겠……."

"마룡왕."

퓨어세인트의 입이 열렸다.

그녀는 쿡쿡거리며 웃었다. 마치 대놓고 웃으라는 농담을 들어버린 것 같은 얼굴이었다.

"너무 큰 착각을 하고 계시는군요."

사라락.

부드러운 바람이 퓨어세인트의 머리카락을 흔들었다. 그녀는 의도해 만든 고결한 얼굴 한복판에 미소를 지었다.

"시간이 흘렀답니다."

"……시간?"

"예, 시간이 흘렀습니다. 과거, 신격들이 뒤섞였던 어비스라면 제가 감히 당신의 앞에 설 수는 없었겠죠."

"호오, 주제 파악은 제대로 하고 있구료. 한데……. 본녀가 착각을 했다? 시간이 흘렀다? 본녀는 그대가 무슨 말을 할지 알 것만 같은데……."

마룡왕의 눈이 번뜩였다.

푸확!

거대한 용마력이 하늘을 시뻘겋게 물들였다. 사람들의 함성이 뚝 멈췄다. 그들은 하늘을 피의 색으로 뒤바꾼 괴물에게 마땅한 두려움을 느꼈다.

"아마 당신이 생각하는 것이 맞을 겁니다."

그리고 그 두려움은 희망으로 바뀐다. 퓨어세인트의 등 뒤에서 퍼져 나온 밝고 숭고한 빛이 핏빛 하늘을 여명처럼 환히 만들었다.

마룡왕은 눈을 찡그렸다. 선명한 빛을 등진 퓨어세인트가 마치 태양처럼 보였다.

"신격을 잃은 당신이 약하다고 생각하지는 않습니다. 당신의 신화는 신격을 잃은 지금도 선명하고, 신격들이 느끼는 거대한 공포가 되어 사라졌을 신격을 대행하고 있지요."

빛 속에서, 퓨어세인트가 손을 뻗었다.

"당신은 약해지지 않았습니다."

하지만 크게 강해진 것도 아니다.

퓨어세인트는 어떤가? 그녀는 어비스의 군주들 중에서도 특히나 '종교'를 만드는 것에 열과 성을 기울였다.

그 결과로서 그녀의 신명은 거대한 신앙의 상징이 되었고, 기적을 일으켜 퓨어세인트를 강림시켰다.

그뿐인가? 퓨어세인트는 흑장미여왕이 품고 있던 마신의 씨앗마저 빼앗았다.

"그렇군."

마룡왕은 피식 웃었다.

"과연, 자신감을 내비칠 정도는 된다는 것은 인정해야겠구려."

다르다.

마룡왕은 오만함을 절제했다. 과거의 영광에 취해 상대의 전력을 폄하하는 것은 오만이 아닌 어리석음이다.

그제야 마룡왕은 퓨어세인트의 빛에 '눈이 부시지' 않았다. 그녀는 부릅뜬 심안으로 퓨어세인트를 보았다.

그녀가 얼마나 끔찍하고, 흉악하고, 불길하고, 경멸적이고, 그런 비슷한 의미의 온갖 수식어로 포장되어- 얼마나 거대한 힘을 가지고 있는지.

"퓨어세인트."

용마력에 휘감긴 몸이 앞으로 나선다.

"그대는 본녀의 앞에서 오만해도 될 자격이 있소."

"맙소사……."

하이로드가 몸을 떨며 중얼거렸다.

그가 띄웠던 영상은 더 이상 아무것도 비추지 못하고 있었다. 너무 거대한 신력이 마법을 모조리 차단해 버렸다.

"마법뿐만이 아닙니다."

핸드폰의 동영상 촬영과, 광장에 있는 헌터들의 시야까지도 암전되었다.

강림한 퓨어세인트가 작정하고 그곳에서 일어나는 일들이 바깥으로 퍼져 나가지 않도록 막고 있는 것이다.

"구린 일을 하려는 모양이야."

악몽의 결정자가 비석에서 내려왔다.

"남들이 알아서는 안 될 구린 일. 직접 강림한 이상 착한 척은 더 하지 않아도 될 텐데, 짜증 날 정도로 신중해."

다른 노림수가 있는 것일까.

"가지 않아도 괜찮겠어?"

악몽의 결정자가 백현을 돌아보며 물었다.

백현은 아무것도 비치지 않는 하늘을 보다가, 고개를 저었다.

"네."

"퓨어세인트가 마룡왕을 이길 수 있다고 믿어?"

"그러면 안 되죠. 사라와 약속했으니까."

백현은 그렇게 중얼거리면서 비석에서 내려왔다.

악몽의 결정자는 알 수 없다는 표정을 지으며 백현을 쳐다보았다.

"……그럼? 마룡왕이 퓨어세인트에게 죽기를 바라는 거야?"

"그럴 리가 없잖아요. 난 그녀를 꽤 좋아해요."

"흠, 네가 무슨 생각인지 모르겠는걸. 둘이 격돌하는 이상 둘 중 하나는 무조건 죽을 거야."

"그전에 끝나요."

"……정말?"

악몽의 결정자가 고개를 갸웃거리며 물었다.

백현은 피식 웃으면서 몸을 돌렸다.

늦지 않을 거다.

백현은 그렇게 생각하면서 판데믹의 문을 열었다. 나서기 전, 사라가 틀어박힌 성을 돌아보았다.

만나고 가는 편이 좋을까……. 그런 생각을 했다가, 결국에는 문밖을 향해 발을 뻗는다. 당장 사라를 만나서 해줄 수 있는 것은 위로의 말뿐일 것이다.

유일한 친구였던 페레하가 자신을 버렸다는 것보다, 그 정체가 사교의 마녀였다는 것이 사라를 절망시켰다.

백현은 그 절망을 잘 위로해 줄 자신이 없었다. 똑같은 경우라면 백현은 사라처럼 절망하지 않았을 테니까.

"나오실 건가요?"

"아니, 안 갈래. 꺼림칙한 싸움에 끼고 싶지 않아. 그리고……. 끼어들 멍청이는 없을걸? 저게 신격에게 치명적이라는 것은 다들 알고 있을 테니까."

널 빼고 말이야. 악몽의 결정자는 그렇게 중얼거렸다.

"아니면 혹시. 도움이 필요해서 그래?"

"에이, 그 정도는 아니죠."

백현은 피식 웃으며 말을 받았다.

"인간이었다면 모를 일이지만."

판데믹을 나온 순간. 가장 먼저 맡은 것은 진한 어비스의 공기였다. 어비스에 온 것도 아닌데 이 세상은 어비스와 다르다고 생각되지 않을 정도로 혼돈에 뒤덮여 있었다.

"이럴 줄 알았지."

백현은 그렇게 중얼거리며 시커멓게 물든 하늘을 올려보았다.

"넌 너무 이용만 하려고 해."

듣고는 있을는지 모르겠다만.

백현은 시커먼 하늘의 구멍을 보며 중얼거렸다.

위치엔드가 보여주었던 하늘이 현실이 되어 있었다.

2장
뭐긴

퓨어세인트의 강림.

기적으로 대체했다고는 하지만 그만한 일을 벌였는데 세상이 멀쩡할 리가 없다. 특히 그 '흔들림'은 이곳, 아마존 정글을 뒤흔들었다.

생각대로였다. 성역을 이 정글에 옮겨놓은 역천자가, 노렸던 대로 성공한 주제에 침묵하고 있는 이유. 놈의 노림수는 성역을 이 세계에 뒤섞는 것으로 끝나지 않았다.

그것을 확신할 수 있던 것은 위치엔드가 보여준 미래의 장면 덕분이었다.

시커멓게 물든 하늘.

천천히 내려오는 거대한 괴물.

백현은 우두커니 서서 하늘을 올려 보았다. 심안을 통해 본 하늘의 흐름은 엉망으로 뒤엉키고 있었다.

아직 괴물은 내려오지 않았다.

하지만 '구멍'은 있었다. 괴물의 거대한 몸체를 내뱉기에는 작은 구멍이었지만, 흐름이 뒤엉키며 구멍은 점점 커지고 있었다.

'잘 될까?'

여기까지는 생각했던 대로.

퓨어세인트가 드레이브와 마룡왕을 이용해 강림한다.

역천자는 그로 인한 세상의 흔들림을 역으로 이용해, 어비스에 대한 공포와 허구신앙을 들이부어 비대하게 키운 월드이터를 강림시킨다.

딱 여기까지다. 이후의 일은 어찌 될지 모른다. 생각은……. 했다. 하지만 잘 될까? 미래는 보지 못했다.

미래에 일어날 다양한 가능성 중 가장 가능성이 높을 것은 보지 못했다. 보았던 것은 잠깐의 장면. 시커먼 하늘, 강림하는 월드이터.

그리고 그 아래에는 아무도 없었다.

'상정해야 할 것은 최악.'

퓨어세인트가 마룡왕을 죽이는 것.

내가 월드이터에게 죽는 것.

그리 상정한다면……. 뭘 해야 할까. 당장 미국으로 날아가 마룡왕과 합공해 퓨어세인트를 막아야 하나?

그렇게 된다면 '이쪽'에서 벌어질 사태는 막을 수 없다.

성역이 이 세상에 옮겨지기는 했다지만 그렇다고 신격들이 성역을 나와 이 세상에서 난동을 피울 수는 없다.

그건 백현도 크게 다르지는 않았다. 그가 당장 이 세상에 나돌아다닐 수 있는 것은, 그가 심연의 왕좌와 혼돈의 근원을 통째로 삼킨 덕분이다.

현재 이 일대의 공간은 혼돈이 들끓는 어비스에 침식되어 있기에, 백현은 다른 신격들과는 다른 자유를 누릴 수 있었다.

그것이 전부는 아니다.

백현은 귀에 매단 귀걸이를 의식했다. 가짜 바알을 가공해 만든 아티펙트. 백현이 신격이 된 덕분에 천공성은 이동 성역으로 완성되었다.

이걸 이용한다면 정글을 벗어나서도 상당한 자유를 누릴 수 있다. 과거 천존이 세상에 나왔을 때, 대부분의 사도가 산토리니로 달려왔던 이유가 이동 성역을 욕심냈기 때문이다.

'당장은 나뿐이야.'

마룡왕과 연수해 퓨어세인트를 저지하는 것도 생각은 했었다. 마룡왕의 높은 자존심이라면 도움을 굴욕이라 생각할 수도 있겠지만, 미움받게 될지라도 그쪽이 최선이라면 백현은 '했을' 것이다.

하지만 그렇게 한다고 해도 최악을 면할 수 없다. 이쪽을 비우는 사이에 역천자가 노림수를 완벽하게 성공시킨다면. 백현은 아진의 이죽거림을 떠올렸다.

'광기는 냉정해.'

그래 봤자 광기지만.

백현은 가볍게 발돋움을 해서 붕 떠올랐다. 그는 천천히 하늘로 날아오르며 아래를 힐긋 보았다. 성역 너머의 신격들이 자신을 응시하고 있었다.

그는 보란 듯이 그들을 향해 손을 흔들어주었다.

'어느 쪽이든 최악과 연결된다면. 믿어봐야지.'

마룡왕이 퓨어세인트에게 패배하지 않기를.

이쪽을 정리할 동안, 그녀가 퓨어세인트를 붙잡아주기를.

'퓨어세인트는 강해.'

처음 직면했을 때 느꼈던 꺼림칙함의 정체. 이제는 확실히 알았다. 그녀는 어비스의 신격 중에서 독보적으로 추악하다.

그녀의 갈망은 혼돈의 근원에 집중되지 않았다. 갈망과 필요에 의해 세상 전체를 죽일 각오도 있으며, 그러할 힘도 가지고 있다. 거기에 마신의 씨앗까지.

'마룡왕도 강해.'

둘 중 누가 더 나은지는 솔직히 모르겠다. 모르는 것투성이다.

백현은 다시 고개를 들어 하늘을 보았다. 구멍은 점점 넓어지고 있었고, 그 안에서 거대한 존재감이 꿈틀거리는 것이 느껴졌다.

"몰라서 좋은 거야."

백현은 씰룩거리는 입꼬리를 손으로 어루만졌다. 냉정한 광기. 결국은 광기이며, 백현의 진의였다.

무모함은 아니다. 검령에 이끌려 어비스로 뛰어들었을 때와는 다르다. 백현은 저 안에 무엇이 있는지 안다. 무슨 일이 벌어질 것인지도 안다.

신격의 도움을 바랄 수 없는 지금, 이것이 최악을 피하기 위한 최선이라는 확신도 있다.

파앗!

백현은 전력을 다해 하늘의 구멍으로 뛰어들었다. 그 구멍은 괴물을 내뱉기에는 아직 작았지만, 백현이 들어갈 수 있을 만큼은 넓어져 있었다.

구멍을 통과한 순간. 거대한 흐름이 백현의 몸을 집어삼켰다. 하지만 백현은 그 흐름에 휩쓸리지 않았다.

조금 다르기는 하지만, 이곳의 흐름은 지금의 백현에게는 아주 익숙했다.

'어비스의 이면.'

혼돈이 가장 짙은 곳.

백현은 추락하는 몸에 제동을 걸었다. 이런 '무대'라면 신격들이 사도를 보내는 것은 불가능하다. 강신한다고 해도 마찬가지다. 역으로 삼켜질 것이다.

하지만 백현은 아니다. 그는 자신을 삼킨 혼돈의 흐름에 친숙함마저 느끼고 있었다. 이곳은 그 무엇도 살아갈 수 없는 세계다.

'동색(同色)이 아니라면.'

뒤섞여 버린다.

제동을 건 몸이 멈춘다. 백현은 먼 곳을 바라보았다. 거대한 괴물의 몸이 웅크리고 있었다.

뱀 같기도 하고 용 같기도 하며, 결국은 괴물이다.

저게 월드이터다. 재생의 뱀이 과거에 벗어버린 허물. 역병과 공포에서 태어난 신격.

재생의 뱀과 같은 독은 다룰 수 없지만 저 거대한 몸뚱이에서 썩은 내를 풍기며 모든 것을 삼켜 버리는 괴물. 혼돈에 삼켜져 신격과 자아를 상실하고 육체만 부활해, 팔로워의 허구 신앙과 세상 전체가 어비스에 품은 공포를 공양받아 역천자에게 새로운 혼돈의 근원이라는 본질을 부여받았다.

"안 막을 거야?"

백현은 그렇게 물으면서 월드이터를 향해 다가갔다. 월드이터는 눈동자에서 칙칙한 눈을 발하며 백현을 응시하고 있었다.

살짝 벌리고 있는 입에서 썩은 내가 진동했다. 타액으로 흘러넘치는 것은 끔찍한 위력을 가진 독액. 재생의 뱀에게 일부

빼앗아, 독자적으로 변성해 냈다. 그 위력은 마룡왕의 비늘을 쉽게 관통했을 정도다.

"늦지 않게 나오는 게 좋을 텐데. 여기까지 와버렸으니 말이야."

백현은 손가락을 쥐었다 펴며 말했다. 월드이터는 독액을 날름거릴 뿐이지 대답은 하지 않았다.

놈은 대답할 수 있는 존재가 아니었다. 저것에 자아는 없다. 단순히 비대하고 튼튼한 그릇일 뿐이다.

"직접 찾아올 줄이야."

낄낄거리는 웃음이 화답해 주었다.

월드이터의 몸체가 꿈틀거리며 움직였다. 그 너머에서 누군가가 몸을 일으킨다.

수척해 보이는 인상의 남자. 백현은 반갑단 듯이 웃으며 손을 흔들었다.

"네가 번견이냐?"

헌드레드가 이를 드러내며 웃었다. 그는 월드이터의 몸체를 손으로 두드리며 말했다.

"왜. 역천자가 아니라서 실망인가?"

"아니. 없을 줄 알았어. 역천자는 이런 곳에서 직접 나설 성격이 아니잖아. 보나 마나 팔괘각에 틀어박혀 지켜보고 있겠지."

정답이다.

"왜 왔냐고 물어볼 필요는 없겠지?"

"답이야 뻔하잖아. 왜 왔겠어?"

"그렇지. 입장이 다르다는 것은 알고 있겠지? 난 널 막아야 하거든."

"막지 않아도 죽이고 갈 거야. 도망칠 수는 없을 테니까."

백현은 그렇게 말하면서 앞으로 걸어나갔다.

빠르지 않은 걸음이었다. 헌드레드는 저돌적으로 다가오는 백현을 보며 어이가 없다는 듯이 웃었다.

"상황은 이해하고 있나? 여기가 어딘지는 알고?"

"알아. 난 눈이 좋거든. 감도 좋아졌고. 자기 성역에 있어야 할 네가 왜 여기에 있는지도 알아. 무한전과 암전을 통째로 이 '둥지'와 섞어놓았지?"

헌드레드의 웃음이 진해진다. 그는 월드이터의 몸뚱이를 훌쩍 뛰어넘었다.

"그게 무슨 의미인지 알고는 있나?"

"알다마다."

역천자는 팔괘각과 월드이터의 둥지를 연결하지 않았다. 대신에 헌드레드가 차지한 무한전과 암전을 연결했다. 덕분에 이렇게 헌드레드와 마주하게 되었다.

헌드레드는 강하다. 직접 만난 것은 이번이 처음이고, 그전에는 헤루샤에게 강신한 형태로만 만났지만. 놈은 유계의 방랑자의 몸뚱이를 먹어 권능을 취했고, 혈사자와 암막의 주인

46 17

의 신격까지 차지했다.

그것만 해도 어지간한 대신격은 웃돌 텐데.

이곳은 무한전과 암전이 뒤섞인 세계. 즉, 놈의 성역이라는 것이다.

"신격이 된 것은 축하하지만 너무 오만해졌군. 원래도 그랬던 것 같기는 하지만."

뭐, 힘을 가졌다면 오만할 자격이 있지.

헌드레드가 이죽거렸다. 마치 마룡왕처럼.

"그래도 때와 장소는 구분해야지. 여기는 네가 오만해도 될 장소가 아니야. 내가 왜 여기에 있는 줄 아나? 왜 역천자가 팔패각이 아닌 무한전과 암전을 둥지와 연결했는지 알아?"

헌드레드가 양팔을 펼쳤다.

쿠웅!

공간이 뒤바뀌었다. 시커먼 세상이 황야가 되었고 하늘은 석양빛으로 물든다.

시체를 쪼아 먹는 까마귀들이 하늘을 떠돌았고 헌드레드의 등 뒤에 붉은 왕궁과 검은 탑이 나타났다.

거신왕 혈사자의 왕궁이었고 그 동생인 암막의 주인의 탑이었다.

"내가 역천자보다 강하기 때문이지."

헌드레드가 웃음을 터뜨렸다.

"역천자도 그걸 알아. 자기가 이곳에 있는 것보다, 내가 여기 있는 것이 확실하고 안전하다고. 역천자가, 아니, 우리가 생각하지 못했을 것 같나? 넌 '반드시' 여기에 온다. 왜냐면 여기 오면 싸울 수 있을 테니까. 너는 타오르는 불꽃이라면 무조건 뛰어들고 보는 불나방 같은 놈이다. 너라면 반드시 이곳에 온다."

헌드레드가 성큼거리며 걸었다.

"그래서 내가 여기 있는 거다. 내가 역천자보다 강하니까. 내가 널, 더, 잘, 확실하게 막을 수 있으니까."

"어, 그래."

백현은 무덤덤한 표정으로 대답했다. 그 대답에 헌드레드의 눈썹이 치솟았다.

"템페스트가 소멸했더군. 하하, 네가 한 일이지? 제법 대단하다는 것은 인정하마. 성역 안에서 그 주인을 소멸시키는 것은 어지간한 신격으로는 불가능한 일이지."

뭔가 수작을 부렸음이라. 그렇게 생각할 수밖에 없었다. 템페스트가 그토록 집착하는 사도의 목줄이라도 쥐고 협박한 모양이지.

"그렇다지만 너는 너무 오만했다. 템페스트 때처럼 될 거란 생각은 하지 마라."

쩌저적!

대지가 진동했다. 갈라진 땅에서 괴물들이 머리를 들이밀었다. 헌드레드는 그것을 가리키며 낄낄거리며 웃었다.

"무한전의 아귀들이다! 혈사자가 쓰러뜨린 괴물들이 모조리 이곳에 잠들어 있지! 자, 죽어도 죽지 않는 저급한 괴물들과 놀아……."

"템페스트 때처럼?"

백현은 걷던 걸음을 멈추고 눈을 찡그렸다.

"뭔가 착각하고 있는 것 아니냐?"

콰아아아!

시커먼 어둠이 백현의 주변을 휩쓸었다. 머리부터 빠져나오던 아귀들이 흔적도 남기지 못하고 사라졌다.

헌드레드의 웃음이 뚝 멈추었다.

"뭐 어쩌자는 건데?"

헌드레드는 벌렸던 입을 다물었다.

쿠웅!

석양에서 하나둘 빛이 떨어졌다. 일렁거리는 빛의 너머에서 거인들이 몸을 일으킨다. 혈사자와 암막의 주인의 권속인 거인들이다.

백현은 주변을 돌아보지도 않고 다시 앞으로 걸었다. 이어 몰아친 폭풍이 거인들을 휩쓸어 버린다.

죽어도 죽지 않고, 계속해서 전쟁을 강요하는 곳이 무한전이다. 하지만 휩쓸린 아귀와 거인들은 부활하지 못했다.

"이거론 안 돼."

백현은 고개를 저으며 말했다.

"불나방이라는 말은 부정하지 않겠는데. 다른 건 못 들어주겠어. 나설 곳과 나서지 말아야 할 곳을 구분하는 건 얄미운 현명함이지. 네가 역천자보다 강해서 여기에 있다고? 그건 아닐걸."

"……흠. 설마 일소될 줄이야. 놀이 상대는 될 줄 알았더니."

"거짓말. 넌 자기가 갖게 된 것을 어떻게든 써먹어 보고 싶었을 뿐이야. 이상하단 생각은 안 해. 그렇잖아, 새로운 걸 갖게 된다면 어떻게든 써보고 싶어 하지. 꼭 애처럼."

나도 그렇거든. 백현은 히죽 웃었다.

"남자는 몇 살을 먹어도 애 같단 말이야."

헌드레드는 말없이 백현을 노려보고 있었다. 백현은 그 매서운 시선을 받으며 목을 좌우로 꺾었다.

"넌 역천자보다 강하지 않아. 네가 여기에 있는 것은, 역천자가 '그래야 한다'고 생각했을 뿐이야. 의식하지는 않았지만, 놈에게 여러 번 이용당한 입장에서 확신할 수 있어. 넌 역천자보다 강해서 여기에 있는 것이 아니야."

"……오만함도 정도껏……."

"난 널 모른다. 하지만 네가 욕심쟁이라는 것은 알겠어. 유계의 방랑자를 처먹고, 암막의 주인을 처먹고, 혈사자의 신격을 '주워 먹고'. 그런 주제에 아직도 배고파해. 나까지 먹고 싶어 했지, 안 그래?"

어디서 죽지 마라.

헤루샤의 몸으로, 헌드레드는 탐욕에 눈을 빛내며 그렇게 말했었다.
"넌 주제를 모르는 욕심쟁이야."
만족을 모르는 것이 아니다.
"넌 작고 하찮았지. 네가 어비스에 있을 적, 널 위협이라 여기던 신격은 아무도 없었다."

헌드레드는 별 볼 일 없었지.

악몽의 결정자는 그렇게 말했었다.

헌드레드는 변칙적인 권능을 사용하지만 상위 군주들을 압도하지 못했습니다.

아프라스도 그렇게 말했었다.
"그런 네가 역천자에 이끌려 부활했고, 번견 역할을 하면서 역천자가 '버린' 쓰레기들을 주워 먹었다."

자아와 신격을 상실해 몸뚱이만 남은 유계의 방랑자를 먹었다.

"너 따위가 혈사자를 정면으로 사냥할 수 있었을 것 같아?"

백현은 혈사자의 힘을 인정했다. 살령을 쓰지 않고서는 도저히 이길 수 없는 대신격이었고, 최후 또한 당당히 맞이했다.

"넌 내게 필요 없던 것을 주워 먹었어."

혈사자의 신격을.

"그 덕분에 갖게 된 혈맹의 권능으로 암막의 주인도 아주 쉽게 사냥했지."

헌드레드의 눈썹이 꿈틀거린다. 거대한 살의가 공간을 장악했다.

백현은 말을 멈추고 헛웃음을 흘렸다.

"그렇게 얻은 힘을 과시하고 싶어 하는 등신이 바로 너야. 역천자가 왜 널 여기에 뒀는지 알겠다. 궁금해?"

"……뭐냐?"

"안 알려줘. 널 죽일 때 알려줄게. 약 오르지?"

헌드레드의 눈에 불이 켜졌다. 빠득 소리 내어 이를 갈던 헌드레드의 몸뚱이가 크게 일렁거렸다.

"헛소리를 들어주는 것도 고역이로군. 네가 뭐라고 감히 나를……."

"내가 뭐긴."

토옥.

백현의 몸이 붕 떠올랐다.

"무신이지."

자칭한 신명에 비웃음을 참을 수가 없었다.

무신? 오만함에도 정도가 있는 법. 놈이 이룩한 위업은 인정하는 바이나, 무신은 너무 갔다.

차라리 놈에게는 무신이란 신명보다는 광견이라는 신명이 어울릴 것이다.

'주워 먹었다고?'

아, 물론. 부정할 생각은 없다. 그것은 사실이었으니까. 유계의 방랑자도, 혈사자도, 암막의 주인도. 헌드레드가 직접 쓰러뜨린 적은 한 번도 없다.

하지만 으레 '식사'란 그런 것이 아닌가? 누군가는 직접 가축을 도축하고 짐승을 사냥하고 채소를 수확해서 식사하겠지만, 절대다수가 남이 도축하고 사냥하고 수확해 준 것으로 식사하게 마련이다.

헌드레드도 다를 것 없었다. 그러니 부끄러움은 없다. 다만, 그런 지적과 비웃음을 던진 대상이 이제 막 신격이 된 애송이라는 것이 짜증 날 뿐이다.

"사냥이 미숙할 거라 착각하는 건가?"

헌드레드가 이죽거렸다.

어느새 그는 거대한 거인의 모습이 되어 있었다. 백현은 그에게서 혈사자와 같은 위압감을 느꼈다.

마냥 그것이 전부는 아니었다. 찝찝한 음습함. 암막의 주인의 것도 섞였나.

거인의 손이 아래로 떨어졌다.

"내가 얼마나 오래 신격으로 살았다고 생각하는 거냐!"

콰아앙!

내리찍은 손이 대지를 뒤흔들었다. 하지만 백현의 모습은 그곳에 없었다.

헌드레드는 히죽 비웃음을 흘리며 머리를 돌렸다. 그 크기는 백현과 크게 다르지 않을 정도로 줄어 있었다.

"경험이 달라!"

비웃음 섞인 외침이 날아왔다. 그 혈사자조차도 비대한 거인의 몸으로 백현을 압박하지 못했다.

헌드레드는 그런 우를 범하지 않았다. 덩치로 압도할 상대가 아니라는 것을 잘 알았기 때문이다.

그렇다고 방법이 없는 것은 아니다. 헌드레드는 호선을 그리며 날아오는 백현을 향해 튀어나갔다.

백현은 두 눈을 빛내며 헌드레드를 향해 주먹을 뻗었다.

도중에 걸렸다. 손을 쓰는 법은 완벽할 정도였다. 꺾이기 쉽도록 관절 방향으로 밀어내고, 바짝 붙어 주먹을 턱으로 날린다.

백현은 아슬하게 고개를 젖혀 헌드레드의 주먹질을 피해냈다. 그러면서 반대편 주먹을 꺾어 헌드레드의 옆구리를 타격하려 들었다.

하지만 주먹이 닿기도 전, 헌드레드의 몸이 유연히 움직였다. 마치 흐물거리는 연체동물 같은 움직임이었다.

기괴한 각도로 주먹을 피해내고서, 헌드레드가 두 다리를 튕겨 올렸다.

퍼벅!

시간 차를 두고 휘두른 두 발이 백현의 몸을 두들겼다. 집중된 위력은 흩어지지 않고 백현의 몸 안에 틀어박혔다.

"근접전이 너만 장기인 줄 알았나?"

헌드레드가 내뱉었다.

휘릭!

촉수처럼 휘두른 팔이 백현의 몸을 휘감았다. 몸을 통째로 감은 팔이 뻐근한 압력을 전해왔다.

그렇게 백현을 붙잡은 뒤, 휘둘러 친 손등이 백현의 안면을 때렸다.

"무신?"

꽈앙!

백현을 휘감고 있던 팔을 아래로 내리찍었다. 백현의 몸이 땅에 내리꽂혀 파묻혔다. 헌드레드는 높은 곳에서 아래로 추락하며 백현이 파묻힌 곳을 짓밟았다.

그 충격의 여파만으로 대지가 통째로 뒤집혔고 치솟은 대지의 파편이 모조리 소멸했다.

"겨우 이 정도로?"

하하하! 헌드레드는 요란한 웃음을 토해내며 두 팔을 휘둘렀다.

콰르르릉!

번쩍거리는 뇌광이 주변을 휩쓸었다. 백현은 그 너머에서 입술을 우물거리고 있었다.

"퉤."

피를 조금 뱉어낸 뒤에, 백현은 자세를 잡았다. 그것을 본 헌드레드가 입술을 비틀어 웃었다.

파앗!

그의 몸이 순식간에 가속해 백현에게 따라붙었다.

헌드레드의 몸이 기괴한 움직임을 보였다. 이미 본 적 있는 움직임이다. 게시자와 혜루샤의 것과 똑같다. 백현은 양손을 들었다.

고속의 공방이 이루어졌다. 몰아붙이는 공격에 반격은 하지 않고, 백현은 발을 뒤로 끌며 헌드레드의 공격을 받아냈다.

이미 겪어봤다는 거지? 헌드레드의 눈빛이 바뀌었다.

이게 헌드레드의 압도적인 장점이다.

그와의 싸움에서는 익숙함이 통용되지 않는다. 움직임이 아예 바뀐다. 방금 전의 싸움이 허깨비처럼 느껴질 정도로.

단순히 수법이 바뀐 것이 아니다. 모든 것이. 눈빛, 심지어는 호흡조차도.

'버릇은?'

두 번의 경험. 이번이 세 번째. 근접거리에서의 암기 폭사. 관절이 없는 것 같은 유연한 투로. 신체를 사용해 상대를 결박하고 퍼붓는 난타.

그 수법에서 가장 먼저 '유연해지는 것'은 오른쪽 손목. 먼저 내딛는 발은 왼쪽 발, 그 일보에서 가장 먼저 굽히는 것은 엄지발가락, 밀어내는 오른발은 땅을 파내듯이.

유연함은?

없다. 강맹할 뿐이다. 아예 달라. 다양한 무공을 익혔다고 해도 버릇은 무공이 아닌 본인의 것이다.

오른 손목에 힘은 없다. 일보 전진, 여전히 왼발. 하지만 발가락을 굽히지 않고 통째로 밀어내.

'아예 달라.'

저마저도 무공의 동작에 포함된 것일 수도 있겠지만. 백현은 왼손을 들었다. 우직하게 밀어붙이는 정권. 위력은-

뻐엉!

뻐근하게 밀린 어깨가 빠질 것 같다. 유(柔)에서 강(强). 변(變)이 아닌 정(正). 반대의 권로다.

겉핥기 수준도 아니고 완벽하게 이해하고 몸에 배어 있다.

하지만 고작해야 두 가지. 이 정도 수준이라면 인간의 단련으로도 해낼 수 있다. 힘들긴 하겠지만.

'박자는……'

호흡의 박자. 아까는 엇박자, 지금은 딱딱 맞는 정박. 백현은 상체에 힘을 빼고 허리를 틀었다.

빠앙!

스치는 것만으로도 질릴 정도의 위력이다. 그렇다면 이쪽도. 백현은 호흡을 가다듬었다.

이번엔 피하지 않았다.

꽈앙!

다른 소리가 났다. 서로 내지른 주먹이 충돌하는 소리였다. 둘 다 주먹이 아작 나는 일은 없었지만 뻐근한 타격감만은 느꼈다. 그대로 밀어붙인다. 그 순간 헌드레드의 호흡이 정박에서 조금 벗어났다. 아까와 같은 엇박이 아니다.

무호흡.

뒤로 밀어낸 발. 충돌하지 않은 반대편 손이 '사라진다'. 그리 여길 정도의 극쾌였다. 섬광 같은 출수가 백현의 시야를 뒤덮었다.

이번에도 달라졌다. 백현은 눈을 바쁘게 움직이며 퍼붓는 연타를 추격했다.

터터턱!

급히 움직인 손이 연타를 쳐냈다. 훅. 짧게 뱉은 호흡을 들었을 때, 시야가 뒤집혔다.

'발을 걸었어.'

몸이 뒤로 넘어간다. 낙법은 펼치지 않았다. 허리를 튕기며 몸을 고정했다. 연타가 밀어닥친다. 백현은 히죽 웃었다.

피하지 않고 정면으로 받아낸 타격이 백현을 붕 떠오르게 만들었다. 아팠다. 당연한 일이었다.

인간의 주먹도 아니고, 신격의 주먹이다. 인간처럼 싸울 뿐이지 그 위력은 비교가 안 된다.

쉭! 도약한 헌드레드가 허리를 돌렸다. 그의 몸을 뒤덮은 신력이 발길질에 실려 백현에게 퍼부어졌다. 백현은 날아가는 몸에 제동을 걸고서 뒤집었다.

양손을 펼쳐 신력의 다발을 방어했지만, 그 너머에서 헌드레드가 쾌속히 접근해 왔다.

아까까지 주먹만 쓴 주제에, 이번에는 또 바뀐다. 신력을 능숙히 조율하며 원거리 공격. 하지만 복잡함은 없다.

이건 마법이 아니다.

그렇다면 일단 평소처럼. 파천강기가 백현의 몸을 휘감았다. 마왕의 인장을 흑장미여왕에게 돌려주었으니 더 이상 마기는 사용할 수 없다. 파천강기는 내공과 마기를 뒤섞은 것.

당연히 지금 백현의 몸을 휘감은 강기는 본래의 파천강기와는 본질이 다르다.

더 강하고, 흉포했다. 마기를 신력으로 대체했기 때문이다. 자신의 것이기 때문에 마기를 사용하는 것처럼 저항감도 없었다.

"이제야 제대로 덤비냐."

비웃음은 여전했다. 검은빛을 번쩍이며 간격을 좁혀오는 백현을 보며, 헌드레드는 보란 듯이 발을 들어 올렸다.

여기 있기를 잘했다. 저놈, 잘난 듯이 떠들기는 했지만, 너무 오만했다. 이곳에 있겠다고 자청한 것은 헌드레드였다.

백현이 반드시 이곳에 올 것이라고 확신했고, 실제로 그렇게 되었다.

놈이 신격이 되었다는 것은 예상하지 못했다. 하지만 신격이 되고서, 잘났다는 듯이 다른 신격의 성역 앞을 행보하는 꼴은.

"넌 어려."

웃음을 참을 수 없는 촌극이었다.

남자는 나이를 먹어도 애라고 했던가? 그 말대로다. 놈 역시 새로이 갖게 된 힘을 과시하고 싶어 안달 내는 애송이였다.

인간이었을 적부터 신격을 사냥했다는 경험이 놈의 등을 떠밀어 이곳에 오게 만들었다. 성역 안에서 그 성역의 주인에게 싸움을 걸다니.

덕분에 놈이 가장 맛있게 익었을 때 먹을 수 있게 되었다. 놈을 죽이고, 먹고, 그다음에는.

"네가 뭘 보는지 안다."

헌드레드가 비웃으며 말했다.

"내 공격을 파악하고 싶은 거지?"

넌 눈썰미가 좋으니까. 헌드레드가 이죽거렸다.

"눈썰미가 좋은 것은 부럽지만."

욕심도 난다. 고작 몇 번 본 것만으로도 완벽하게 파악했다. 그렇게 대응해 온다. 검무희의 심안? 그게 전부가 아니다. 저것을 가능케 하는 것은 가공할 정도의 학습 능력이다. 그 재능이 먹고 싶었다.

"보여줄 수 있는 것이 한둘이 아니란 말이지."

그 말대로였다. 헌드레드의 움직임은 또 바뀌었다. 버릇과 호흡마저 완전히 바뀐다.

퍼붓는 발길질, 밀고 휘두르고 꺾고……. 넉넉한 간격은 신력으로 메워 버리고, 그를 좁히면 다리가 접근을 가로막는다.

"내가 얼마나 많은 무술가를 먹었는지 아냐?"

헌드레드뿐만이 아니다. 유계의 방랑자 또한 수많은 무술가의 혼을 집어삼켰다.

"체술뿐만이 아니지. 마법?"

그 또한 스스로도 셀 수 없을 정도였다.

공세를 뚫고 전진한 백현의 손이 헌드레드를 붙잡으려 했다.

그 순간, 헌드레드의 몸이 빛에 휘감겨 사라졌다. 이동이 아닌 공간 도약이다.

꽈꽈꽝!

영창 없이 완성한 마법의 포격이 백현에게 작렬했다. 헌드레드는 큰 소리로 웃으며 양팔을 펼쳤다. 그의 등 뒤에 복잡한 마법진들이 떠올랐다.

"맞아."

백현은 웅크린 몸을 펼쳤다.

"겪어봐야 의미는 없겠어."

"하하! 이제야 알아차리는 거냐! 하지만 후회가 너무 늦었다. 주제 파악은 여기 들어오기 전에 했어야지!"

"아니, 후회하는 것은 아닌데."

등 뒤의 마법진에서 포격이 퍼부어졌다. 백현은 오른손을 활짝 펼쳐 앞으로 내밀었다.

꽈르르릉!

형성된 방어벽이 포격을 가로막았다.

"더 겪을 필요가 없다는 거야."

"뭐?"

"내가 보고 배울 게 없다고."

백현은 담담한 목소리로 대답했다.

파직!

질풍신뢰가 백현의 몸을 휘감았고, 방어막을 꿰뚫고 들어온 포격이 지면을 휩쓸었다.

·헌드레드는 홱 하고 머리를 돌려 백현의 이동 좌표를 파악했다. 그러고는 기다렸다는 듯이 덤벼들었다. 이번에도 보법부터가 달랐다.

백현은 아까처럼 헌드레드의 움직임을 파악하려 들지 않았다. 바뀐 버릇이나 호흡도 거들떠보지 않았다. 그는 헌드레드의 움직임이 아닌, 헌드레드 자체를 보았다.

그것으로 충분했다.

휘둘러 친 손은 타격점에 닿기도 전에 걷혔다. 즉시 붙어 온 주먹이 가슴으로, 피하지 않고 그대로, 대신 허리의 힘은 뺐다.

타격 순간에 몸이 뒤로 밀려나며 자연스레 충격을 완화하고, 붕 떠오른 다리로 헌드레드의 배를 걸어찼다.

'응?'

거기서 다시 수법을 바꾼다. 몸놀림으로 막을 수 없는 것으로. 굽힌 손가락이 짐승의 발톱을 흉내 낸다.

긁고 찢고 베는 조법이 난무했다. 백현도 주먹을 느슨히 풀고 손가락을 굽혔다. 난무는 허무하게 끝났다. 백현이 찔러 넣은 양손이 헌드레드의 손가락과 마디마디 엮였다.

백현은 손바닥을 밀어붙이며 헌드레드의 손을 꺾게 만들었다. 그러자 헌드레드가 즉시 무릎을 차올린다.

딛고 있는 것은 지면이 아니다. 몸은 가볍다. 백현은 하체를 튀어 올려 헌드레드의 머리를 뛰어넘었고, 아직 잡고 있던 그의 팔을 한 바퀴 꺾어버렸다.

부러뜨린 양팔을 놈의 등 뒤에 바짝 붙이면서 팔꿈치로 놈의 척추뼈를 가격했다.

"인간이라면 이거로 끝인데."

"이 새끼……!"

"신격은 다르잖아, 그렇지?"

뿌득!

백현은 부러뜨린 팔을 뽑아내며 헌드레드의 몸을 걷어찼다. 비틀거리던 헌드레드가 홱 하고 몸을 돌렸다.

방금 전에 뽑아냈는데 양팔은 건재했다. 괴성이라도 질러주는 편이 어울릴 텐데, 놈은 이를 꽉 다물고 백현에게 달려들었다.

"그만두지그래?"

백현은 헛웃음을 흘리며 양손을 들어 올렸다.

"네 말대로야. 파악하기는 너무 많아."

놈의 속도에 맞춰서 전진. 도중에 '한 번' 가속했다. 그것으로 서로의 타이밍이 어긋난다.

이쪽이 의도했고 이미 준비해 두었다. 팅기듯 날린 손바닥으로 울대를 타격, 잡고, 쥐어뜯었다.

반대편 손으로 가슴을 치는 것은 동시였고, 헌드레드의 몸이 덜컥 멈춘 순간에 낭심을 걷어차는 것은 자연스러운 연계였다.

"많다고 대단한 건 아니지."

머리를 양손으로 잡아 아래로 끌어내렸다. 무릎을 얼굴 한복판에 꽂았다.

"아니, 대단하긴 해. 전혀 다른 무공이잖아. 얕잡아 볼 정도도 아니야. 전부 다 달인이라 하기 충분한 수준이지."

쾅, 쾅.

기계적으로 놈의 얼굴에 무릎을 처박았다. 이쪽의 허리를 잡으려 들기에, 놈의 정수리를 뜀틀처럼 내리누르며 뛰어올랐다.

내리꽂히는 힘에 헌드레드의 머리가 부서졌다.

"고작 달인 수준이야."

그 수준을 초월하지는 못했다.

어찌 보면 당연한 것이다. 인간을 초월한 자를 그렇게 많이 포식했을 리가 없잖나.

"네 몸놀림에 내가 배울 것은 아무것도 없어."

그럼에도 맞아주었다. 맞아보았다. 맞아서 알고 싶었다. 소리만 요란한 빈 수레인지 아닌지.

"왜냐면 난 무신이거든."

헌드레드가 괴성을 내질렀다. 이제야 좀 어울렸다. 놈이 휘두르는 양팔을 툭, 툭 쳐주면서 간격을 좁혔다.

아까는 울대. 이번에는- 백현의 손가락이 헌드레드의 눈을 관통했다.

"때리고 찌르고 걷어차고 휘두르고 꺾고…… 많지, 너무 많아. 그걸 하는 것이 손이든 발이든, 몸 전체든 간에. 난 네게 배울 것이 하나도 없어. 내가 너보다 훨씬 잘하거든."

눈썰미의 문제가 아니다.

"그러니까 그만둬. 나보다 잘하지도 못하면서, 무(武)를 과시하는 것은 말이야."

"놈!"

"인간 흉내를 내지 말고 신격처럼 굴라고."

헌드레드가 뭐라 외치려 했지만, 백현은 놈의 턱을 손으로 올려쳐 입을 닥치게 해주었다.

"네게 어울리는 걸 해."

재생된 눈동자가 백현을 내려 보았다.

"타격전은 시도하지 마. 내가 너보다 훨씬 잘하니까. 마법? 그래, 그게 좋겠네. 아니면 많이 처먹어 비대해진 신력으로 날 몰아붙이던가. 너 좋으라고 성역으로까지 와줬잖아. 성역의 이점을 써봐."

백현은 헌드레드가 말할 수 있도록 손을 내려주었다.

"아까도 말했지? 네 앞에 있는 건 무신이다."

백현은 양보해 주듯이 헌드레드에게 물러섰다.

"투신은 아니지만, 타격전은 너 따위보다 훨씬 잘한단 말씀이야."

그래도 나름 겸손하게 그 부분은 인정하고 말해주었다.

3장
붕괴

꽈득.

악에 받쳐 물고 있던 어금니가 박살 났다.

헌드레드는 흉포한 살기를 두 눈에서 줄기차게 흘려내며 백현을 노려보았다.

분노와 굴욕, 그 사이에서 이성은 유지했다.

틀리지…… 않았다. 너무 과하게 흥분했던 것은 다름 아닌 그 자신이었다. 몰아붙였다? 얼핏 보기에는 그랬다.

일방적으로 공격을 퍼부었던 것은 헌드레드였고, 백현은 흐름을 역전하지 못하고 쭉 밀리기만 했었다.

이제 와 생각해 보면 그 또한 백현의 의도였다. 헌드레드는 백현이 피를 뿜게 하고, 그의 몸을 때리기는 했지만, 치명상을 입히지는 못했다.

정확히 말하자면 치명상을 입힐 수 있는 기회가 항상 적기에서 미묘하게 어긋나 뒤로 밀려났다.

백현이 의도했기 때문이다. 헌드레드의 체술이 자신보다 부족하다는 것을 확신한 이상, 더 이상 볼 필요는 없었다.

헌드레드도 그것은 인정했다. 이치적으로도 당연했다. 그와 먹어 삼키고, 유계의 방랑자가 취했던 무인의 혼은 뛰어나다고 해봐야 달인 수준이다.

헌드레드 본인이 대신격이라고 해도 무공의 수준마저 대신격에 맞춰지는 것은 아니다.

백현은 어떤가?

인간일 때부터 신격과 싸우던 놈이다. 자기 자신을 무신이라 칭하는 것은 여전히 오만함이라 생각하지만, 적어도 놈의무(武)가 초월의 영역에 도달했다는 것을 부정할 생각은 없다.

헌드레드는 부글부글 끓는 감정을 조용히 식혔다. 백현은어서 해보란 듯, 벌린 거리를 유지하며 헌드레드를 기다려 주고 있었다.

"오냐."

헌드레드는 백현을 노려보며 내뱉었다.

"타격전은 그만두지."

그쪽은 백현보다 수준이 낮다는 것은 인정한다. 하지만 그것이 패색(敗色)을 만들진 않는다.

우-우-우-우!

성역이 뒤흔들렸다. 헌드레드는 보란 듯이 양손을 펼치며 말했다.

"성역의 이점을 활용해 보라고? 경험도 없는 애송이가, 그게 무슨 의미인지는 알고 떠드는 거냐……!"

"대충은 아는데, 직접 겪어본 적은 아쉽게도 별로 없네. 그러니까 제발 좀 알게 해줘 봐."

백현은 입꼬리를 올리며 이죽거렸다.

빠직. 헌드레드의 이마에 핏줄이 돋았다. 여전히 주제 파악도 못하고 오만하게 구는 것이 마음에 안 든다.

마법을 써보라고. 놈은 그렇게 말했다. 하지만 헌드레드는 백현의 권유대로 마법을 쓸 생각은 없었다.

무공과는 분야가 전혀 다르다지만, '수준'은 대동소이하다. 그런 마법으로는 백현을 몰아붙일 수 없다.

하지만 '신력'은 전혀 다른 이야기다. 혈사자와 암막의 주인의 신격을 삼킨 헌드레드의 신력은 어비스의 신격 중에서도 우월하고, 그들의 신화는 백현의 것과 비교가 안 된다.

백현은 헌드레드의 신력이 증폭되는 것을 보았다. 심안을 통해 보는 흐름이 계속해서 엉키고 거대해진다. 그러한 신력은 이곳, 성역 자체에 영향을 준다.

성역과 신력이 발하는 거대한 압박이 백현의 몸을 짓누른다.

성역은 신격이 지배하는 공간이다. 작기는 하지만, 성역은 완전히 독립된 세계라 할 수 있다.

그곳에 군림하는 신격은 자신이 원하는 대로 성역을 주무르며, 침범한 타 신격에게 강력한 압박을 행세하며 전투를 유리하게 이끌 수 있다.

백현은 자신의 신력이 성역의 압박에 억눌리는 것을 내버려 두었다. 벌써부터 저항하지는 않았다.

이미 철혈궁에서도 겪어본 일이지만.

이것도 하나의 경험이다. 헌드레드의 신력은 무령의 신력보다 훨씬 거대했다. 그리고 성역은 가뜩이나 거대한 신력을 더 크게 증폭시키고.

백현은 작게 찌부러뜨린다.

성역의 풍경은 그 신격의 신화가 투영된다. 황야에 우뚝 선 철혈궁. 묘지 한복판의 판데믹. 붉은 하늘의 무한전과, 시커먼 암전.

신격의 신화가 투영된 성역에서, 타 신격의 신화는 존재한 적 없는 이단이자 거짓인 것이다.

그렇기 때문에 타 신격의 성역을 침략하는 것이 자살행위인 것이다. 세상 전체를 성역으로 삼은 절대신격들이 다른 절대신격의 세상을 침범하지 않는 것 또한 그와 마찬가지다.

작정하고 성역을 통해 압박해 온다면.

이곳에 투영된 신화에, 본인의 신화가 삼켜져 버린다.

"처음부터 늦었다."

헌드레드가 중얼거렸다. 하늘은 보다 붉었고 까마귀의 울음소리는 요란했다. 우뚝 솟은 탑이 만들어낸 그림자가 부글부글 끓는 것처럼 요동친다.

군림과 정복만을 갈망하며 전장을 주유하던 혈사자의 신화와, 그의 그림자에서 언젠가의 자유를 꿈꾸던 암막의 주인의 신화가 성역을 짓누른다.

"네가 덜 오만하고, 더 현명했다면 직접 여기 오지 않았겠지. 나라면 위험할지라도 바깥에서 기다렸을 거야."

"그렇겠지."

아진도 그렇게 말했었다. 무엇이 있는지 모르고, 무슨 일이 벌어질지 모르는 곳에 쳐들어가는 것은 멍청한 일이라고.

"인간이면서 그 짧은 시간에 탈각하고, 신격이 된 것은 인정할 수밖에 없다만. 그래 봤자 네 신화는 얕아."

헌드레드는 이죽거리면서 손을 펼쳤다.

쿠우우웅!

거대한 압박감이 백현의 무릎을 휘청거리게 만들었다.

"워."

백현은 내장이 짜부라지는 것 같은 격통을 느꼈다. 철혈궁에서 느꼈던 것보다 훨씬 거대한 압박이었다.

"대신격이라고 해도 타 신격의 성역에서는 그 힘을 뽐낼 수 없다. 너 따위가 저항할 수 있을 것 같나?"

헌드레드는 낄낄 웃으면서 백현에게 다가왔다.

"타격전은 쓰지 말랬지? 자, 바라는 대로 신격답게 싸워주마. 설마 움직이지도 못하는 건 아니겠지? 와봐. 무신이라고 떠벌리던 힘을 와서 증명해 봐라."

"잘났단 듯이 떠들기는."

백현은 굽혀진 무릎에 힘을 주었다. 허리도 곧게 폈다. 그렇게 할 때마다 두 다리가 후들거리고 몸이 뻐근하다.

완전히 삼켜지지는 않는다.

당연히 그럴 수밖에. 타 신격의 성역에 들어왔다고 해도 백현의 신격은 상실되지 않는다.

그는 틀림없이 이곳에 존재하고 있다. 이 성역의 바탕이자 지배되는 신화에 백현의 신화가 존재하지 않는다고 해도. 그는 이 세상에 있었다.

그거면 된다.

'그거면 돼.'

헌드레드가 다가오고 있다. 놈은 서두르지 않는다. 덕분에 백현에게도 여유가 있었다. 놈이 서둘렀다고 해도 달라지는 것은 없겠지만.

"네 말대로야."

백현은 천천히 손을 들어 올렸다.

"뭘 하려고?"

헌드레드가 이죽거렸다.

"잘 봐."

백현은 작은 목소리로 중얼거리며 손바닥을 활짝 펼쳤다.

손에는 아무것도 없었다.

"……뭘 보라는 거냐?"

"이거."

거기서 손을 한 번 쥐었고.

펼쳤다.

포옹!

검은 구체가 백현의 손바닥에서 솟구쳤다. 헌드레드는 갑자기 나타난 그 검은 구체를 눈을 깜박거리며 쳐다보았다.

저게 뭐지? 순간적으로 든 의문. 백현이 공격에 사용하는 파천강기…… 아니, 달라. 놈의 신력? 그것과도 다르다. 저게 뭐지?

"모르는 척하지 마."

백현은 빙긋 웃으며 말했다.

"네가 모를 리가 없잖아. 너, 처음 봤을 때부터 이게 뭔지 알았지?"

"말도 안 돼."

헌드레드의 어깨가 가늘게 떨렸다.

"그럴 리가. 네가, 정말 심연의 왕좌의 사도라고 해도……. 그건…… 말도 안 된다. 그럴 수가 없어."

"역천자도 그렇고, 너도 그렇네. 멋대로 착각하고 있잖아. 심연의 왕좌가 직접 말한 것도 아닌데, 왜 내가 심연의 왕좌의 사도라고 생각하는 거야?"

아 물론, 예전에는 정말 그랬을 수도 있지만.

포옹!

검은 방울이 부풀어 터지고, 증식했다.

"지금은 아니거든."

"너……. 대체 뭐냐?"

헌드레드가 더듬거리며 물었다.

"몇 번을 말하게 하는 거냐. 난 무신이야."

"웃기지 마!"

"아까 네가 말했지? '나라면 어쩌고저쩌고……. 그대로 돌려줄게. 나라면, 그렇게 부정해 대며 지껄이는 것보다는 덤볐을 거야. 아니면 포기하고 도망치던가."

"대답이나 하란 말이다! 네가 어떻게 혼돈을……."

"주웠어."

기껏 충고해 줬더니. 백현은 그렇게 중얼거리면서 손가락을 튕겼다.

"부럽지?"

튕겨 날린 검은 방울이. 작게 응축한 혼돈이, 허공을 가로질렀다. 그것을 본 헌드레드의 눈이 휘둥그레 떠졌다.

백현의 말대로였다.

본 순간, 저게 무엇인지 직감했다. 그 즉시 부정했다. 그럴리 없다고 생각했기 때문이다.

심연의 왕좌의 사도일지라도, 놈이 '무신'으로 완성된 이상 혼돈을 지배하는 것은 불가능하다.

하지만 지금, 저곳에서 날아오는 것은 틀림없는 혼돈이었다. 헌드레드는 고함을 지르며 땅을 박찼다.

분명한 의념으로 지배된 성역이 백현을 으스러뜨리려 들었다. 백현은 히죽 웃었다.

꽈드드득!

백현의 전신 뼈가 으스러지고 살이 터져 나갔다. 하지만 성역과 신력이 압박해도, 혼돈의 전진은 멈추지 않는다.

악을 쓰며 달려가던 헌드레드는 혼돈을 향해 손을 뻗었다. 그 순간에, 헌드레드는 깨달았다. 저것에 손을 대서는 안 된다고. 과거 경험해 본 덕분이었다.

이미 한 번 삼켜진 적이 있었고, 그때 소멸할 뻔해서.

그때의 경험이. 새겨진 공포가, 헌드레드로 하여금 손을 멈추게 만들었다.

"잘했어."

피로 흠뻑 젖어 붉게 된 시야로 그 광경을 보며, 백현이 말했다.

"펑."

짓뭉개지는 중에 백현은 그렇게 말했다.

꽈아아앙!

중얼거린 것과 비교도 안 될 정도의 폭발이 일어났다. 헌드레드는 다급히 의식과 신력을 붙잡았다.

지금부터 어떤 일이 벌어질지는 정확히 알 수 없었다. 단지 위험하다는 것만은 직감했다.

헌드레드의 신격 전체를 삼켜 버리기에는 힘이 부족하다. 백현이 다룰 수 있는 혼돈은 예전 신격들을 삼켜 버린 대폭주와는 한참이나 부족했다.

그렇다고 해도, 원하는 것을 이루기에는 충분했다. 백현은 다급히 뒤로 물러서는 헌드레드를 무시하고서 손가락을 굽혔다.

터뜨린 혼돈이 백현의 손짓에 따라 움직였다.

원리는 천의무봉.

더 나아가서, '파천'.

백현은 천천히 걸어 성역의 중심으로 다가갔다.

이 세상. 헌드레드의 성역이 백현이 지배하는 세상이 아니라고 해도, 중심에 서는 것은 어렵지 않았다. 터뜨린 혼돈이 이 세상의 흐름과 균형을 엉망으로 휘젓고 있기 때문이다.

중심에 선 백현은 난폭한 혼돈과 흐름을 모조리 움켜쥐었다.

'시험'은 이미 해보았다. 철혈궁과 무령. 그곳에서 백현은 인정과 확신을 얻었다.

그곳에서 확신을 얻은 덕분에 이곳에 올 수 있었다. 템페스트의 사가에서도 해보았다. 확신은 분명했다.

그렇기에 백현의 행동은 무모한 광기가 아니다. '된다'는 확신이 있었으니까. 이곳에서 정확히 무엇이 있고, 무슨 일이 일어날지는 알 수 없었어도.

그 어떤 상황에서든, '할 수 있음'을 확신했다.

"넌 이거로 충분하겠다."

백현은 귓불을 어루만지던 왼손을 내려놓으며 중얼거렸다.

"네가 더 보여줄 수 있는 것이 없다면 말이야."

휘몰아치는 혼돈을 피해 움직이던 헌드레드는, 백현의 손이 성역 전체를 잡아끄는 것을 느꼈다.

'대체 뭐야?'

이번에도 똑같았다.

헌드레드는 백현이 무슨 일을 벌이고 있는 것인지를 알았다. 단지 그것이 말도 안 되는 일이어서. 절대로 일어나선 안 될 일이라고 생각하고 있어서.

그 불가능한 일이 실제로 일어나고 있었다. 백현은 쥐어 잡은 흐름을 모조리 얽어 흩뜨렸다.

꽈지직!

붉게 노을 진 성역의 하늘에 거대한 균열이 나타났다. 헌드레드가 등진 무한전의 성과 암전의 탑. 그뿐만 아니라, 지면까지 통째로 무너져 내리기 시작했다.

철혈궁 때처럼 사정을 봐줄 생각은 없었다. 진짜 혼돈을 터뜨려서 사용한 파천. 성역의 한복판에서 사용한 파천이, 백현의 것이 아닌 성역 자체를 붕괴시키기 시작했다.

"이 미친 새끼!"

헌드레드가 고함을 질렀다. 그 외침은 단순한 외침으로만 남았다. 파천은 멈추지 않았다.

왜 템페스트가 소멸했는지 알았다. 혼돈을 다루는 놈을 상대로 성역은 결코 이점이 되지 못한다.

오히려 성역이라는 제한된 세상은 혼돈을 더욱 위험하게 만든다.

헌드레드는 급히 탈출을 꾀했다. 성역이 무너지고 있다고 한들 그는 여전히 신격이었다.

"어딜 가?"

백현은 이죽거리면서 땅을 박찼다. 도중에 멈출 것도 아니고, 이미 일어나기 시작한 파괴를 더 관장할 필요는 없었다.

"이제야 좀 공평하지?"

엄습해 오는 살의에 헌드레드의 눈동자가 파들거리며 떨렸다.

붕괴가 시작된 지금. 이 세상은 그 누구의 성역도 아니었다.

누구의 성역도 아니게 되었다는 것은, 이곳의 주인인 헌드레드가 성역의 이점을 받을 수 없게 되었다는 것이다.

즉, 백현이 말한 대로 이제야 서로가 공평해진 것이다.

헌드레드로서는 용납할 수 없는 상황이었다. 그가 백현을 압도하기 위해서는 반드시 자기 성역의 이점이 필요했다.

서로에게 이점도 불리함도 없는 공평한 전장이 되어버린다면.

"커윽!"

질풍신뢰로 가속해 온 백현의 주먹이 헌드레드의 배에 꽂혔다. 반응이 느려도 한참 느렸다.

보는 것은 고사하고 느끼지도 못했다. 몸을 비틀어낸 것은 단순한 본능이었다. 그런 본능의 덕을 얼마나 볼 수 있을까?

'뭐라도……'

헌드레드의 움직임이 난잡하게 뒤섞인다. 한 번에 하나씩? 고작 그런 권능이라면 자부하기도 민망하다.

백현은 불러들인 권능들로 무장하여 반격에 나서는 헌드레드를 보며 혀를 찼다.

"안 된다니까."

몸을 어떻게 활용하든 간에 위협이란 생각은 들지 않는다. 서두를 것은 없었다.

기만할 생각도 없다. 백현은 차분하게, 이성적으로, 차근차근. 위협으로도 느껴지지 않는 공격들을 걷어내며 헌드레드에게 파고들었다.

폭사해 오는 암기. 심안은 터지기 전부터 공격을 예견했다. 걷어내고 전진, 그다음은 마법인가?

마법은 발현 직전에 특유의 위화감이 '보인다.' 겪어본 적이 많지 않아 대응법이 스스로 생각하기에도 영 만족스럽지 않지만.

"다행이야."

백현은 작은 목소리로 중얼거렸다. 그 느긋한 중얼거림은 헌드레드에게는 끔찍한 악몽처럼 느껴졌다.

"네 마법이 대단하지 않아서."

먹고 먹을수록 강해진다.

확실히 대단한 권능이다. '잘만' 먹는다면 약점을 모조리 보완해 완벽해질 수도 있겠지.

저 권능에 허점이라 할 것은 많지 않다. '남의 것'이라고는 하지만 완벽하게 소화해 내고 있다.

"과유불급이라지."

백현은 들으란 듯이 중얼거렸다.

"넌 더 과한 게 나았겠다."

완벽하게 소화해 내고 있다지만 소화하는 수준이 대단치 않다. 아니, 분명 대단한 수준이어도 백현의 수준에는 미치지 못한다.

그것을 아무리 보완해 봐야 그를 통한 '발전'은 이루지 못했다. 다른 신격들이 헌드레드에게 내린 평가대로였다.

놈의 권능은 대단히 까다롭지만, 신격을 위협할 정도는 아니라는 말.

"혈사자의 전투 능력은 인정해."

거력을 담은 주먹이 전진해 온다. 백현은 심드렁한 표정을 지으며 그 손을 옆으로 흘려냈다.

"하지만 이미 겪어봤어. 가장 치명적인 건, 네게 바알이 없다는 거야."

혈사자와의 싸웠을 때. 승기가 완전히 뒤집어져, 살령을 사용할 수밖에 없게 되었던 것은 혈사자가 바알을 사용했기 때문이다.

그건 정말 어찌할 수 없는 거대한 힘이었다.

하지만 그 힘은 재현되지 않는다. 바알은 그때 완전히 소멸했다.

"암막의 주인도 강력하지. 하지만 몰래 찌르는 비수는 필멸자를 죽일 수는 있어도 불멸자를 죽일 수는 없어."

심장을 찌르고, 머리를 베고. 그렇게 쉽게 죽는 필멸자라면 암습은 거대한 위협이다.

하지만 신격에게는 아니다. 암막의 주인의 비수는 강력하지만 일격 필살의 위협은 되지 않는다.

"그건 너도 알 텐데. 시도해 본 것은 네가 멍청해서인가?"

백현은 배를 뚫고 나온 시커먼 검을 보며 물었다.

파사삭!

손을 댈 것도 없었다. 백현의 몸을 관통한 검이 재가 되어 흩어졌다.

"아니면, 네가 쓸 수 있는 것 중 그나마 저것들이 최선이기 때문인가?"

저 새끼. 제대로 알고서 떠들고 있는 건가?

헌드레드는 도저히 백현을 이해할 수가 없었다. 암막의 주인의 비수가 불멸자에게 위협이 되지 않는다고? 그렇지 않다.

신격이라 해서 완전한 불멸자는 아니다. 그들에게도 죽음은 있다. 윤회가 허락되지 않은 완전한 소멸.

그것은 필멸의 굴레를 벗어던진 신격에게 주어진 '법칙'의 징벌이며, 영원에 질려 버린 끝에 도달할 수 있는 구원이다.

암막의 주인의 비수는 신격에게 소멸을 가져다줄 정도로 예리하고 독하다. 하지만……. 그 비수를 정통으로 찔렀는데. 분명히 꿰뚫었는데.

놈은. 백현은 멀쩡했다. 아무렇지도 않다는 듯이 다가와 버린다. 어리석어서 피하지 않은 것이 아니다.

놈은 저 비수가 자신에게 아무 위협이 되지 않는다는 것을 간파했고, 그렇기에 피하지 않았다.

어떻게 그럴 수 있단 말인가?

'격이……'

이번에도 똑같다.

알고 있다. 직접 겪었으니 알 수밖에 없다. 하지만 도저히 납득이 되지 않는다.

암막의 주인의 비수는 놈의 몸을 꿰뚫었으나……. 놈의 '신격'을 관통해 베어내지는 못했다.

대체 어떻게? 아무리 놈이 쌓은 신화가 대단하다고 해도, 이제 막 신격이 된 놈이…….

'아.'

조각 난 것들이 하나하나 맞춰진다.

놈이 혼돈을 사용하는 것.

놈에게 느껴지는, 마치 언젠가 만나보았던 것 같은, 그런, 감각.

암막의 주인의 비수로 관통하지 못한 격.

"네가…… 심연의 왕좌냐……?"

"아냐."

신화를 공유하지는 않았다.

하지만 백현은 심연의 왕좌를 삼켰다.

"난 무신이라니까."

그 선언이 지긋지긋하고 끔찍했다. 헌드레드는 악을 쓰며 백현의 발아래에서 수십 개의 비수를 내질렀다.

백현은 쯧 혀를 차며 발을 들었다.

파사삭!

그의 발길질에 비수들은 닿기도 전에 재가 되어 흩어졌다.

"이미 했던 걸 또 하지 마."

혈사자의 배틀오러가 헌드레드를 집어삼킨다. 먹어치운 신격만큼이나 그 힘은 대단했다.

하지만 솔직히 말해서, 바알을 개방한 혈사자만큼은 아니었다. 헌드레드가 먹어치운 혈사자는 의심의 여지 없는 대신격이었으나, 그가 자랑하던 거대한 신력은 백현과의 싸움에서 대부분 소진되었기 때문이다.

그런 이상 마주하는 것은 두렵지도 않았고, 과한 경계는 필요 없었다. 다가가서 걷어내고, 때리고, 부수면 되었다.

"다른 건 없어?"

없다.

헌드레드에게 그런 것은 없었다. 유계의 방랑자도 마찬가지다. 남의 것을 빼앗는 것만이 장기다.

고혈을 삼켜온 목각 인형과 유령술사. 가진 권능은 위대했지만 그 외에 내세울 것은 없다. 특히 지금 같은 상황에서는 더더욱.

"그럼 그만하자."

백현의 손이 헌드레드의 목을 붙잡았다. 헌드레드는 컥컥거리며 버둥거렸지만, 백현은 헌드레드를 놓아주지 않았다. 대신에 발악을 멈추라는 의미로서 놈의 안면을 주먹으로 때려 갈겼다.

쩌앙!

그 일격이 헌드레드를 잠잠하게 만들었다. 발작하듯 후들거리던 헌드레드의 팔다리가 축 처졌다.

"난 너 따위에게 고전해서는 안 돼."

백현은 그렇게 중얼거리며 헌드레드를 붙들고 훌쩍 뛰어올랐다.

"너 따위에게 벌써 고전해서는 안 돼."

성역의 불리함을 안고서도 이길 수 있기를 희망했는데.

안타깝게도 그 정도는 되지 않았다. 덕분에 만족스러운 기분이 들지는 않았다.

아직 쓰지 않은 것이 있다고는 하지만. 적들을 생각하면 그것이 이번처럼 치명적으로 작용될 지는 솔직히 확신은 적었다.

"꺼…… 으……."

"불멸자를 상대하는 것은 편하단 말이야. 죽지 않도록 힘 조절을 할 필요가 없잖아."

백현은 버둥거리는 헌드레드에게 말하면서 앞으로 걸어나갔다. 헌드레드는 홱 고개를 돌려 백현을 쳐다보았다.

"뭐, 뭘 하려는 거냐?"

"네가 하려고 했던 걸 미리 하게 해주려고."

백현은 그렇게 말하면서 헌드레드의 몸을 앞으로 들었다.

"뭐……?"

"모르는 척하지 마."

백현이 다가가고, 헌드레드가 보고 있는 곳에.

월드이터가 똬리를 틀고 있었다. 눈앞에서 저만한 일들이 벌어졌음에도 월드이터의 눈에는 아무런 동요도 없었다.

그에게 자아는 존재하지 않기 때문이다. 날름거리는 혀와 번뜩거리는 눈. 그것은 틀림없이 '살아 있었지만'.

뇌사 상태와 똑같다. 심장이 뛰고, 숨은 쉬지만. 의식은 없다. 저건 살아 있는 시체였다.

"미완성이거든."

백현은 그렇게 중얼거리면서 월드이터에게 가까이 다가갔다.

"시키는 대로 독을 쏴댈 수는 있어도. 그게 끝이야. 그래서야 독 쏘는 물총이랑 다를 것이 없지."

백현은 그렇게 말하면서 헌드레드의 몸을 신력으로 휘감았다. 헌드레드가 즉시 저항했지만, 백현은 놈이 신력을 흩뜨리기 전에 머리를 터뜨려 버렸다.

그렇게 축 늘어뜨린 몸을 월드이터에게 바짝 들이밀었다.

"안 쏴?"

월드이터는 대답하지 않았다. 독 묻은 타액을 줄줄 흘리기만 할 뿐이었다.

"소용없다는 것은 아나 보네. 맞아, 난 널 확실하게 의식하고 있어. 지금의 네가 뭘 공격을 하든 간에 나는 반드시 피할 수 있거든."

백현은 히죽 웃었다.

"역천자가 널 왜 여기에 뒀는지 알려줄까?"

듣고 싶지 않았다.

정신을 차린 헌드레드는 숨을 헐떡거리며 눈앞에 날름거리는 월드이터의 혀를 보았다.

뚝뚝 흐르는 타액에서 풍기는 역한 냄새. 독의 냄새……. 헌드레드는 꿀꺽 침을 삼켰다.

"궁금해했잖아."

널 죽일 때.

그때 알려주겠다고 했다. 굳이 덧붙이지 않아도 알 수 있었다. 백현은 지금, 헌드레드를 죽이려는 것이다.

"사, 살려줘."

헌드레드가 급히 말했다.

백현은 실망 가득한 눈으로 헌드레드의 뒤통수를 노려보았다.

"널 배신하지 않겠다고 맹세하마. 난, 난 틀림없이 도움이 된다."

"그렇겠지."

"신격의 맹세는 절대적이야……! 난 네게 평생 적의와 반기를 품지 않고, 널 도울 것이라 맹세하겠다. 그, 그냥 살려만……."

"싫어."

백현은 고개를 저었다.

"네가 도움은 될 것 같아. 그런데 굳이 네가 도와줄 필요까 지는 없어."

헌드레드의 몸이 월드이터에게 조금 더 가까이 다가갔다.

"널 못 믿어서는 아니야. 그냥 널 살려두고 싶지 않은 거지. 간단하지?"

허무하게 죽은 헤루샤의 죽음을 갚아주기 위해?

그런 마음은 조금도 없었다. 그렇게까지 해줄 관계도 아니 었다. 그런 감성적인 이유가 아니다. 그냥 헌드레드가 마음에 안 든다.

"그리고. 원래 네가 하려 했던 일이잖아?"

"뭐……?"

"모르는 척하지 마. 넌 주제를 모르는 욕심쟁이잖아. 만약, 내가 너에게 죽었다면. 넌 나를 먹고, 그 뒤에 즉시 역천자에 게 반기를 들었을 거야."

헌드레드의 어깨가 후들거리며 떨렸다.

"넌 역천자의 개로 만족할 생각이 없었을 테니까. 날 죽인 뒤엔, 그 즉시 월드이터를 먹으려 들었겠지. '저걸' 먹어 소화시 킨다면, 정말 넌 역천자보다 강해졌을 테니까 말이야."

"마…… 맞아. 그러려고 했지! 그렇다면 너도 알 텐데? 난 역천자에게 충성하지 않는다. 그러니까……."

"의미 없어."

백현은 고개를 저었다.

"내가 만약 너에게 죽었다고 해도, 넌 실패했을 거야. 나조차 간파한 네 본성을 역천자가 파악하지 못했을 리가 없어."

적이기는 하지만. 백현은 역천자의 진의를 알 수 있었다. 놈에게 몇 번이나 휘둘렸던가?

"오히려 네가 월드이터를 먹으려 하는 것이 역천자의 의도였겠지. 그래서 널 이곳에 뒀다. 널 신뢰하지 않는 역천자가 널 여기에 둔 이유는, 네가 혹시 모를 신의를 보이는 것을 기대해서가 아니라, 네가 반역해 주길 기대해서야."

월드이터의 입이 천천히 벌어졌다. 헌드레드의 몸이 뱀 앞의 쥐새끼처럼 얼어붙었다.

"네가 날 먹었다고 해도. 넌 월드이터……. 아니, '저것'을 먹을 수는 없었을 거야. 오히려 네가 삼켜졌겠지."

위치엔드가 보여주었던 미래.

그것은 아마, '그렇게' 되어버린 미래였을 것이다. 가장 최악의 미래. 하늘의 구멍으로 뛰어든 백현이 헌드레드에게 패배하고, 헌드레드가 월드이터에게 잡아먹힌 미래.

그것으로 월드이터는 새로운 혼돈의 근원으로 완성되어서, 위치엔드가 보여주었던 대로 강림했겠지.

"먹어봐."

백현이 소곤거렸다. 입을 쩍 벌린 월드이터가 날카로운 이를 보여주었다. 헌드레드는 그 앞에서 하얗게 질려 몸을 떨었다.

"안 먹어?"

헌드레드에게 하는 말인지, 아니면 월드이터에게 하는 말인지. 백현은 부추기면서 헌드레드를 월드이터의 입안을 향해 밀어주었다.

"사, 살려……."

차라리 물어뜯기라도 할 것이지.

헌드레드는 벌린 입으로 목숨을 구걸했다. 그 순간에 월드이터의 머리가 확 하고 달려들어 헌드레드를 삼키려 들었다.

백현은 고개를 저으며 헌드레드를 붙잡고 있는 신력을 끌어당겼다. 월드이터의 입안으로 사라지기 직전, 헌드레드의 몸이 백현에게 되돌아왔다. 백현은 말없이 손가락을 튕겼다.

시커먼 혼돈이 헌드레드의 몸을 집어삼켰다.

"꼴사납게."

백현은 헌드레드의 존재가 혼돈에 삼켜지는 것을 보며 중얼거렸다.

"혈사자의 신격을 받았으면, 그렇게 꼴사납고 추하게 굴어선 안 되지."

백현은 쯧쯧 혀를 차면서 흩어져 소멸에 치닫는 헌드레드를 지나쳤다.

"그렇게 생각하지 않아?"

이죽거리는 질문에, 혀를 날름거리는 월드이터가 눈을 빛냈다.

4장
예고

입안에 들어가기 직전 빼앗은 것에 약이라도 올랐을까? 그런 기색이 없는 것이 조금은 아쉬웠다.

그런 기본적인 자아도 없는 모양이다. 백현은 혀만 날름거리며 이쪽을 보는 월드이터를 응시했다.

"너 줄 걸 그랬나?"

말만 그리할 뿐이다. 월드이터의 입안에 먹기 좋게 잡아둔 헌드레드를 넣어줄 생각은 추호도 없었다. 놈은 아직 미완성이다.

어쩌면 놈이 완성되기 위한 조건의 마지막이 월드이터까지 삼켜 버리는 것일지도 모른다.

솔직히, 그렇게 되었을 때 어떤 일이 일어날지도 궁금하기는 했다. 생각만 그렇게 할 뿐이다.

백현은 심드렁한 얼굴로 월드이터에게 가까이 다가갔다.

"아무 말도 못 하나?"

"슬프군."

백현은 고개를 갸웃거리며 말을 걸었고.

혀를 날름거리던 월드이터가 대답했다. 그 목소리에 백현은 방긋 웃었다.

목소리가 전혀 다르기는 했지만, 백현은 저리 말하는 것이 월드이터가 아닌 역천자라는 것을 알 수 있었다.

"뭐가 슬퍼?"

"모든 것이 말일세. 자네와 이렇게 된 것도, 헌드레드가 그렇게 된 것도."

백현은 실소를 참지 못했다.

"나와 이렇게 된 것? 왜, 이건 예상하지 못했나 봐?"

"그렇지는 않아."

월드이터가 고개를 가로저었다.

"난 자네가 심연의 왕좌의 사도라는 것을 알았네. 의혹이 아니라 확신을 했지. 또, 자네가 탈각을 앞두고 있다는 것도 알았어. 계기만 있다면 언제든지 인간이라는 껍질을 부수고 완성될 것을 말이야."

월드이터가 커다란 괴물의 눈을 가늘게 떴다.

"난 미래를 보는 재주 따위는 없지만, 일어날 수 있는 최악을 대비하기 위해서 많은 노력을 했네. 하지만……. 슬프군. 이렇게 될지도 모르겠다는 생각을 했음에도 슬퍼. 그건 어쩔 수 없는 일이야."

"이렇게 될 줄도 알았다고?"

"확신은 없었네. 예상일 뿐이니 말이야. 하지만 자네가 신격이 된다면, 어떤 형태든지 이렇게 될 수도 있다는 것은 생각했어. 템페스트가 소멸한 순간, 이렇게 될 것임을 알았네."

허세 가득한 거짓인가?

아니, 아마 진실일 것이다. 역천자는 신중할 뿐만이 아니라 열심히 하는 놈이다.

그건 인정할 수밖에 없었다. 어비스의 모든 신격 중에서 역천자만큼 '열심히' 한 놈이 있을까? 굳이 꼽자면 퓨어세인트와 위치엔드 정도일 것이다.

"……헌드레드의 죽음이 슬프다는 것은 너무 재수 없는 말이잖아. 네가 죽이려고 했……."

"개죽음이잖나."

월드이터가 긴 탄식을 흘렸다.

"자네는 내 말을 착각하였군. 난 말일세, 헌드레드의 죽음이 슬프지는 않아. 다만 그의 죽음이 아무 가치도 없었다는 것이 슬플 뿐이지."

백현은 다시 웃어버렸다. 역천자의 말이 맞았다. 역천자는 헌드레드가 저렇게 되었다는 것을 슬퍼했지, 그의 죽음에 슬퍼하지는 않았다.

"난 헌드레드를 존중했네. 그가 나의 뜻에 완전히 공감하지 않고, 단순히 자신의 필요와 욕심에 의해 내 번견을 자처한다는 것은 알았어. 나는 그것을 '이해'했네. 나와 다른 헌드레드가, 나처럼 맹목적일 수 없다는 것은 진즉에 알고 있었어. 그렇기에 그에게 쭉 기회를 주었지."

"네 필요에 의해서 말이야."

"부정하지는 않겠네. 보답을 바라는 것이 이상한 일인가? 그의 죽음은 무가치했네. 그가 살아온 세월과 쌓은 신화. 그라는 존재의 가치에 비해 죽음……. 소멸은 너무나도 무가치했어."

"네가 말하는 가치 있는 죽음이 뭔데?"

"내 의도대로 되는 것이지."

월드이터는 숨김없이 말했다. 백현이 생각했던 그대로였다. 헌드레드는 스스로 자청했다.

그는 성역에서의 싸움이라면 백현을 압도할 수 있다는 자신감이 충만했고. 실제로도 그랬다.

성역 자체를 붕괴시키는 것이 가능하지 않았더라면 백현은 헌드레드에게 패배했을 것이다.

그 뒤에, 헌드레드는 완전히 반기를 드러내어 월드이터까지 포식했을 것이다.

그리고 역천자는 그것마저 예상했다. 그는 헌드레드를 이해했다고 말하지만, 이해와 신뢰는 완전한 별개의 것이다.

"지금의 네 의도대로인가?"

"예상은 했지. 그리 바라지는 않았지만."

"예상했다면 대비는 했겠네."

월드이터가 웃었다.

"진짜 최악을 면하기 위한 대비일 뿐일세. 만족스럽지는 않아. 그래서 슬픈 것이지."

백현은 마주 웃어주었다. 그는 다시 월드이터에게 걸음을 가까이했다. 월드이터는 혀를 날름거리며 백현을 응시했다.

백현은 놈의 몸 안에서 시커먼 독액이 울렁거리는 것을 보았다.

"하지만 아직 늦지 않았네."

독액이 위로 움직인다.

"선택하는 것은 자네 몫이겠지. 나는 선택지를 줄 뿐이고. 이제라도 나와 뜻을 함께하지 않겠나?"

"내가 뭐라고 대답할지는 이미 알고 있을 텐데?"

"알다마다. 하지만 나도 꽤 간절하다네. 여기까지 와서 망치고 싶지는 않거든."

"간절하다면 더 거절하고 싶은데."

"자네가 심연의 왕좌의 사도라면. 아니, 어쩌면 심연의 왕좌 본인이라도. 나쁜 제안은 아닐 걸세. 향수(鄕愁)는 누구나 가지고 느낄 수 있는 것이니 말이야."

치솟는 독액이 월드이터의 목 끝에서 멈췄다. 그곳에 고여 뭉치고, 끓고 있다. 언제라도 쏘아낼 수 있다는 듯이.

"좁은 잠자리보다는 넓은 잠자리가 편안하지 않겠나?"

"그게 착각인 거야."

백현은 고개를 저었다.

"너조차도 착각하고 있어. 하긴 그럴 수밖에 없지. 딱히 네 잘못이랄 것도 아니야. 넌 심연의 왕좌가 아니라 혼돈을 추앙하고 있으니까. 착각하는 것을 죄라 할 수는 없지."

백현은 천천히 손가락을 세워 앞을 겨누었다.

파앗.

손끝에서 검은 혼돈이 피어올라 뭉쳤다.

"심연의 왕좌는 새 요람 따위는 바라지 않아."

월드이터가 입을 쩍 벌렸다.

"그리고 놈은 이미 잘 자고 있어. 스스로는 평생 깨어나지 않을 영원한 잠에 말이야. 만족스럽게 이미 잘 자고 있는 놈을 억지로 깨워서, 더 좋은 곳이 있으니 그곳에서 자라고? 푸핫."

손끝이 튕겨졌다. 작게 보일 뿐이지 결코 작지 않은 혼돈이 하늘을 날았고, 월드이터는 독을 내뿜었다.

"그건 지랄이지."

정면으로 쏘아낸 독을 상대로 혼돈이 크게 부풀었다.

콰르르르!

독액의 파도가 혼돈을 집어삼켰고, 백현은 땅을 박찼다. 뒤 엉킨 힘들이 세상을 무너뜨린다.

백현은 마구잡이로 날뛰는 흐름을 밟고 뛰며 격류를 역행 했다.

흩어지는 독액이 난무했다. 신격이라도 제대로 닿으면 치명상 이다. 그렇다면 닿지 않게. 결국은 앞으로 쏘아낼 뿐인 물총이다.

가까이 다가가서, 총구의 아래로 들어간다면 맞지 않는다. 백현이 도달한 곳은 월드이터의 머리 바로 아래였다.

"슬프군."

월드이터가 중얼거렸다.

섬광처럼 쏘아진 백현의 손이 월드이터의 비늘을 찢고 들어갔 다. 손이 모조리 녹아버리는 것 같았지만 실제로 녹지는 않았다.

죄다 쏘아버린 탓에 독이 현저히 줄어들었던 탓이다.

이거라면 괜찮다. 간파는 틀리지 않았다. 월드이터의 비늘 안으로 파고든 손이 살을 찢고 더 깊숙이 들어간다. 팔 전체가 월드이터의 몸에 틀어박혔다.

"퓨어세인트가 오고 있네."

몸속을 헤집히고 있는데도 월드이터는 신음하나 흘리지 않았다. 다만 목소리만 갈릴 뿐이다.

역천자는 이곳에 없다. 놈의 본신은 팔괘각에 있다.

"마룡왕도 함께 오고 있지. 그들이 왜 오고 있다고 생각하나?"

"네가 불렀겠지."

"맞아. 그 역시 슬픈 일이지……. 그들은 너무 강하고, 너무나 욕망적이야. 나와는 영 맞지 않지."

"똑같아서."

"맞아, 똑같기 때문이야. 강한 열망은 결코 다른 열망에 섞이지 않아. 오히려 집어삼키려 들지. 하하……. 그걸 생각하면 마냥 슬프지는 않군."

찾았다. 독액과 피 속을 떠돌던 백현의 손이 무언가를 움켜쥐었다.

"너무 깊이 처박아놨잖아."

백현은 그렇게 투덜거리면서 움켜쥔 것을 뽑아냈다.

그건 시커먼 독단이었다. 얼핏 보면 검은 사과처럼 보이기도 했다. 그걸 뽑아낸 순간, 월드이터의 몸이 급속도로 쪼그라들기 시작했다.

몸이 쪼그라들며 쭈글쭈글해진 비늘이 찢긴다. 그 안에서 피와 독, 혼돈이 터져 나왔다. 백현은 오염되지 않도록 훌쩍 물러섰다.

"서로 다른 열망이 부딪치는 거야."

월드이터가, 역천자가 웃었다.

"그야말로 혼돈이라 할 수 있겠지. 바라던 결말이 아니고, 슬프지만, 또……. 기쁘군. 머지않았네, 백현. 아니, 무신."

월드이터의 몸이 무너져 내린다. 백현은 뽑아낸 독단을 놓지 않고 더 뒤로 물러섰다. 거대했던 월드이터의 몸이 무너지기 시작하면서, 완성 직전이었던 새로운 혼돈의 근원이 흩어진다. 그건 어마어마한 혼돈이었다.

"이제 어떤 일이 벌어질지는 나도 모르네. 그건 내가 관장할 수 없는 일이야. 하지만 이것만큼은 장담하지. 자네의 장기가 혼돈을 다루는 것뿐이라면, 결코 퓨어세인트를 위협할 수는 없을 게야."

비늘이 쏟아진다. 썩어 악취를 내뿜는 머리를 들썩거리며 역천자가 웃었다.

"기쁘군. 멋진 혼돈이야. 바라는 형태가 아니기는 하지만 결국 나는 성공했다 할 수 있겠지. 이 세상에 거대한 혼돈을 전파할 수 있게 되었으니!"

"기분 나쁜 새끼."

백현은 질색이라는 표정을 지으며 고개를 돌렸다. 놈은 진심으로 이 상황을 기뻐하고 있었다. 너무나도 맹목적인 광기였다.

백현은 손에 쥔 독단을 놓지 않고 붕괴하는 세상의 문을 열었다.

바라던 결말이 아니라고? 거짓말이다. 이런 상황을 예상했다면, 결국 이렇게 될 것도 조금은 바라였겠지. 아주 바라지 않았더라면 이렇게 순순히 되었을 리가 없다.

백현은 이후에 벌어질 일을 짐작했다. 월드이터를 죽인 것. 혼돈의 근원 직전까지 완성되었던 놈이니, 죽이면 당연히 놈이 품고 있는 혼돈이 날뛰게 된다.

그건 백현이 관장할 수 없는 힘이다. 아무리 백현이 심연의 왕좌를 삼켰다고 해도, 그는 어비스의 혼돈 전체를 지배할 수는 없다. 그가 다룰 수 있는 것은 심연의 왕좌가 가지고 있던 것뿐이다.

결국 날뛰게 두는 수밖에 없다는 말. 그렇다고 월드이터를 내버려 두는 것이 더 위험하다. 허구 신앙과 어비스에 대한 공포를 공양받고 있는 이상, 놈은 존재하는 것만으로 미완성에서 완성으로 향해간다.

어비스의 공포가 커질수록 월드이터는 막을 수 없는 존재가 되어간다.

그렇기에 무리해서라도 이곳에서 놈을 무너뜨려야 한다. 오히려 이 정도로 그친 것이 다행이었다.

'어찌 보면 말이야.'

무한전과 암전이었던 세상이 완전히 삼켜진다. 곧 소멸한다. 백현은 등 뒤에서 세상이 소멸하는 것을 느끼며 탈출을 가속했다.

그리 크지 않았다지만 두 개의 세상을 삼켜 버린 혼돈이 백현의 뒤를 따라 달린다.

백현은 뒤를 힐긋 돌아보았다.

"어우."

지독하다. 들끓어 덮쳐오는 혼돈은 천의무봉으로도 간섭하기가 버거웠다. '아직' 백현은 저것들을 지배하는 것이 불가능했다.

하지만 최악은 면할 수 있다. 오히려 이쪽이 바람대로다. 백현은 빙긋 웃었다.

역천자가 실패하지 않은 것처럼.

백현도 실패하지는 않았다.

콰아아아!

백현은 덮쳐오는 혼돈을 피해 몸을 비틀었다. 혼돈은 백현을 쫓지 않았다.

백현을 지나쳐 간 혼돈은 새로이 열린 '문' 바깥으로 쏟아져 나갔고, 백현은 서두르지 않고 그 뒤를 쫓았다.

이곳은 어비스의 이면이다.

무한전과 암전을 연결해 놓기는 했지만, 이 세상은 결국 어비스의 이면. 결국은 어비스다. 그곳의 혼돈이 저 문밖으로 유입되었다.

그건 어비스와 지구가 혼돈을 다리 삼아 완전히 연결되었다는 뜻이 된다.

그건 세상 사람들에게는 끔찍한 불행이지만, 백현과 같은 신격들에게는 아니다.

본래 성역이 어비스에 있었을 적, 그들이 성역을 나오지 않았던 것은 스스로 바깥으로 나가려 하지 않았기 때문이다.

혹시라도 인과율이 날뛰어 혼돈에 침식되는 것을 염려했기에, 신격들은 외차원인 성역에서 나오지 않았다.

성역이 지구로 옮겨진 뒤에는 더더욱 나갈 수 없게 되었다. 혼돈의 침식은 일어나지 않아도, 직접적인 강림에 따른 인과율의 허락이 없었기 때문이다.

그리고 지금은.

"퓨어세인트가 오고 있어요."

백현은 고개를 돌리며 말했다.

악몽의 결정자는 샤나크의 옆에 서서 멀뚱히 자신의 손을 내려 보고 있었다. 그녀는 눈을 깜박거리다가 백현을 돌아보았다.

"······너 진짜 미쳤구나."

악몽의 결정자는 헛웃음을 흘리며 말했다. 혼돈을 다리 삼아 어비스와 현실을 완전히 연결했다는 것.

그건 어비스 전체와 이 세상을 완전히 연결했다는 뜻이며, 과거 역천자가 혈사자를 이용해 하려 했던 일을 대신한 것과 똑같았다.

이곳은 완전한 어비스가 아니기에 신격들이 혼돈에 침식되지 않는다.

혼돈의 근원이 흩어졌기에 신격이 날뛴다고 해도 혼돈은 당장 폭주하지 않는다.

가득 쌓이면 어비스가 그랬던 것처럼 언젠가 혼돈이 폭주할 수도 있겠지만, 어비스에서 20명이나 되는 신격들이 날뛸 때도 혼돈이 폭주하기까지는 5년이라는 시간이 걸렸다.

적어도 앞으로 몇 년은 혼돈이 폭주할 일은 없다.

하지만 만약 폭주하게 된다면. 그 여파는 신격 몇이 사라지는 것으로 끝나지 않을 것이다.

지구와 어비스가 완전히 연결되었으니, 혼돈이 대폭주를 일으킨다면 지구 전체가 폭주에 휘말릴 것이다.

"감당할 수 있겠어?"

"어쩌면요."

백현은 질렸다는 표정을 짓는 악몽의 결정자를 지나치며 대답했다.

"당장 그게 급한 것도 아니고."

백현은 주변을 쓱 둘러보았다.

신격들이 '강림'을 예고하고 있었다.

오오오오.

다양한 흐름이 준동했다. 백현은 당황하지 않고서 흐름의 움직임을 지켜보았다.

"나올 거야."

악몽의 결정자는 호흡을 가다듬고서 백현을 돌아보았다. 그녀의 눈에도 적잖은 긴장이 어렸다.

"그렇겠죠."

백현은 고개를 끄덕거리며 말했다. 가장 먼저 나온 것은 악몽의 결정자.

그리고 그다음은.

로즈덤.

당장에라도 무너질 것 같던 모습에서 회복한 로즈덤의 성문이 열린다. 활짝 열린 성문의 안쪽에서 빛이 흘러나왔다.

"아아."

꿈틀거리는 검은 빛무리 속에서 흑장미여왕이 몸을 일으켰다. 힘 자체는 과거의 전성기에 비해 손색이 있을 터이나, 죽음을 떨쳐낸 흑장미여왕은 당당히 허리를 펴고 고개를 들었다.

"무신. 당신은 정말, 여러 가지로 우리를 놀랍게 만드는군요."

흑장미여왕은 경외 어린 눈으로 백현을 바라보며 말했다. 그녀는 백현이 대체 어떤 일을 하였는지는 모른다.

하지만 지금, 신격들이 이 세상에 강림할 수 있게 만든 것이 백현이 관여한 일임은 틀림없었다.

"나 혼자서 한 것도 아닌데요, 뭘."

백현은 팔괘각을 힐긋 보며 너스레를 떨었다. 약 올리듯 한 말이기는 했지만, 역천자가 분해하지는 않을 것이다.

결국 이 또한 역천자가 바라던 혼돈의 세상일 테니 말이다.

"감당할 수 있겠나?"

그 굵직한 목소리는 철혈궁 쪽에서 들렸다.

백현은 반가운 표정을 지으며 그쪽을 돌아보았다. 휘감은 빛을 떨쳐내며 걸어 나오는 무령의 모습이 보였다.

무령은 혼자가 아니었다. 그의 곁에는 라이 룽이 반쯤 넋이 나간 얼굴을 하고서 주변을 둘러보고 있었다.

"네 노림수가 무엇인지는 모르겠다만. 이렇게 되어버린다면 누구도 감당할 수 없을 거다."

"해봐야 아는 거야."

백현은 고개를 저으며 말했다. 듣는 입장에서는 무책임하게 만 들리는 말이었다.

멍하니 눈을 끔벅거리며 백현을 보던 무령은 헛웃음을 흘렸다.

쿠웅!

무령의 웃음소리가 잦아들 때쯤, 또 다른 신격이 강림했다. 백현은 고개를 돌렸다. 호라이즌. 하이로드의 성역 앞에 빛의 안개가 떠돌고 있었다.

백현은 그 너머에서 꿈틀거리는 거대한 '뇌'를 보았고, 그것이 순식간에 모습을 바꾸어 아름다운 엘프의 모습으로 변모하는 것도 보았다.

"당신은 미쳤군요."

안개 너머에서 걸어 나온 하이로드가 내뱉었다. 악몽의 결정자의 곁에 있던 해리가 후다닥 뛰어 하이로드에게 달려갔다.

"아무리 당신이 강력하다지만, 이건 신격 하나가 감당할 만한 일이 아닙니다. 당장 어쩌려고 그러는 것입니까?"

예상했던 대로 징징거리는 말이었다. 백현은 보란 듯이 고개를 돌려 하이로드의 말을 무시했다. 그 태도에 하이로드의 눈썹이 꿈틀거렸다.

"이렇게 된 것조차도 누군가의 의도였을 겁니다. 역천자, 어쩌면 퓨어세인트도 이런 최악을 의도했을지도 모릅니다. 당신은 그걸⋯⋯."

"좀 닥쳐."

백현의 눈썹이 찡그려졌다.

"무턱대고 징징거려 봤자 뭐 답이 나올 것 같아?"

"최악을 자처하는 것보다는 나았을⋯⋯."

"아니, 전혀. 이제야 공평해진 거야."

백현은 하이로드의 말을 도중에 끊으며 내뱉었다.

"퓨어세인트는 염원을 인과율 삼아 강림했어. 다른 신격들은? 성역 안에 처박혀서 손가락이나 빨아야 했지. 그런 처지에서 벗어나게 해줬으면 고마운 줄이나 알 것이지……."

"나는 그런 배려 따위는 바란 적 없습니다."

하이로드가 주먹을 불끈 쥐었다. 그는 평소답지 않게 분노와 불쾌를 숨기지 않았다. 그 노골적인 반응에 백현은 고깝다는 표정을 지었다.

"왜? 제 몸보신이 안 될 것 같아서?"

"그게 무슨……."

"지금만 해도 그렇잖아. 성역 안에 틀어박혀 있는 주제에 본신으로 나와 있는 척. 굳이 공들여서 거짓말을 하는 건, 자존심 때문인가?"

백현은 코웃음을 치며 이죽거렸다.

그 말에 하이로드의 입이 반쯤 벌어졌다. 어떻게? 그는 자신도 모르게 내뱉을 뻔한 말을 간신히 삼켰다.

"왜, 맞잖아. 네 본신은 아직 호라이즌의 안에 있지. 지금 내 앞에 있는 건 분신…… 아니, 환영인가?"

하이로드는 대답하지 않았다. 백현의 말대로였다. 그의 본신은 호라이즌의 깊은 곳에 있었고, 이곳에 나와 있는 것은 본신을 투영한 가짜일 뿐이다.

하지만 이게 비난받을 일인가?

전혀! 하이로드는 지금의 자신이야말로 그 어떤 신격보다 이성적이라고 자부하고 있었다.

이 상황은 말이 안 된다. 이뤄지지 않은 욕망을 갈구한 끝에 어비스까지 기어들어 온 신격들. 그들이 한자리에 모여서 할 수 있는 것은 사이좋은 다과회가 아닌 죽고 죽이는 살육전뿐이다.

그런 상황에서, 무턱대고 모습을 보이는 것보다는 안전이 보장된 곳에 몸을 숨기고 상황을 지켜보는 것이 현명하다.

"네가 뭘 걱정하는지는 알아."

백현은 보란 듯이 양팔을 들어 보였다.

"지금 강림한 신격들과는 다르게, 이어 강림할 신격들은 솔직히 어떻게 행동할지 잘은 모르겠어."

악몽의 결정자, 무령, 흑장미여왕이 강림했다.

아직 재생의 뱀과 아이언메이드는 강림하지 않았다.

템페스트는 올 수 없다.

"하지만 말이야. 지금의 나는, 그들이 '어떻게' 나올지, 조금은 의도할 수 있거든."

백현의 손바닥이 살짝 움직였다.

마치 마술처럼. 숨겨놓았던 '독단'이 백현의 손바닥 위에 나타났다. 하이로드는 그것을 보며 눈을 끔벅거렸다.

다른 신격들도 얼핏 보고서는 그것이 무엇인지 알아차리지 못했다.

"앗."

그나마 먼저 알아차린 것은 악몽의 결정자였다. 오래된 시체는 시독(屍毒)의 요람이다.

시체를 주무르는 네크로맨서라면 필연적으로 독을 다루는 소양도 갖게 된다.

악몽의 결정자는 눈을 동그랗게 뜨고, 손가락을 들어 백현이 쥔 독단을 가리켰다.

"그건……."

"재생의 뱀 님."

백현은 아직 강림하지 않은 재생의 뱀을 불렀다. 대답은 돌아오지 않는다. 하지만 사굴에서 강렬한 시선은 느낄 수 있었다.

"나중에 돌려드릴 테니까. 지금은 거기 계세요."

백현은 웃으며 말했다. 지금 그가 손에 쥐고 있는 것은 월드이터에게서 뽑아낸 독단이었다.

"꼭 돌려줄 필요가 있어?"

악몽의 결정자가 못마땅한 얼굴로 물었다. 그 질문에 백현은 피식 웃었다.

"난 재생의 뱀 님을 좋아하거든요."

솔직히 그랬다. 굳이 그녀를 핍박하고 싶지는 않았다. 그리고 다음은 아이언메이드.

아이언메이드의 침묵은 이해하고 있다. 그는 이미 바라는 바를 이루었다.

그는 관측안을 통해 템페스트를 보았을 뿐만이 아니라, 바라는 대로 템페스트의 일부마저 손에 넣었다.

"퓨어세인트가 오고 있어."

악몽의 결정자가 말했다.

"마룡왕도 함께 말이야. 아무래도 결판은 내지 못했나 봐."

"역천자가 불렀다는데요."

"그렇다는 건, 퓨어세인트와 역천자 사이에 교류가 있었다고 봐야겠지?"

악몽의 결정자가 눈을 빛내며 말했다. 백현은 히죽 웃으며 고개를 끄덕거렸다.

퓨어세인트는 역천자가 거느린 팔로워 일부를 빼앗았다. 어쩌면 그 과정에서 역천자와 교류를 나누었을지도 모른다.

"……설마……. 그런 낌새는……."

하이로드가 중얼거렸다. 그는 퍼뜩 놀라 백현을 돌아보았다.

"오, 오해는 하지 마십시오. 전 당신을 속인 것이 아니라……."

"누가 뭐래? 너 모르게 퓨어세인트가 호박씨를 깠을지도 모른다는 것은 벌써 예상하고 있었어. 누굴 바보로 알아?"

그렇게 말해 버리면 바보는 하이로드가 된다. 하이로드는 떨떠름한 얼굴로 백현을 노려보았다.

"직접 갈 건가요?"

흑장미여왕이 물었다. 얼핏 평온해 보이는 그녀의 붉은 눈은, 그 깊은 곳에서 원수에 대한 살의를 삭히고 있었다.

"아뇨. 기다리려고요."

백현은 고개를 저으며 말했다. 무령이 피식 웃었다.

"합공이라도 하자는 건가? 너답지 않은데."

"합공…… 합공이라. 그러고 싶지는 않은데, 필요하다면 할 수도 있지."

백현은 마뜩잖다는 표정으로 대답했다. 무령이 껄껄거리며 웃었다. 필요하다면, 이 전제라고는 하지만 합공에 대해서도 생각을 열어두었다는 것은, 과거 광기 가득하던 백현을 알고 있는 무령으로서는 대단한 변화라 생각하게끔 만들었다.

"왔어."

악몽의 결정자가 고개를 들었다.

파아앗!

아직 시커멓던 하늘이, 환한 백색으로 물들었다. 수백 개나 되는 섬광탄을 동시에 터뜨린 것만 같았다.

백현은 고개를 들어 위를 올려보았다.

꺼질 기미가 보이지 않는 하늘의 한복판에. 퓨어세인트가 서 있었다. 빛의 날개를 활짝 펴고서 아래를 내려 보는 퓨어세인트의 모습은, 그녀의 본질을 어렴풋이 알고 있음에도 불구

하고 고결하고 숭고하게 보였다.

그리고 조금 지나서, 붉은 폭풍이 불어 닥쳤다. 백색으로 물든 하늘의 일부를 붉게 젖어간다.

그 중심에 선 마룡왕은 짜증 가득한 눈으로 퓨어세인트를 노려보다가, 퓨어세인트가 그런 것처럼 아래를 힐긋 보았다.

"허어."

마룡왕의 입에서 놀란 탄성이 터져 나왔다. 그것이 당연한 반응이다. 하지만 퓨어세인트는 별다른 동요를 보이지 않았다. 그녀는 여전히 평온한 얼굴이었고.

백현은 그것을 조금 의외라고 여겼다. 마룡왕과 퓨어세인트. 둘이 격돌하고서 그리 오랜 시간이 흐르지 않았다지만, 시간이 많고 적은 것은 사실 중요하지 않다.

저만한 힘을 가진 존재들이 격돌한다면, 그에 따른 여파가 서로에게 미치게 마련이다.

하지만 마룡왕도 퓨어세인트도. 눈에 띄는 상처는 없었다. 오히려 보이는 '표정'만을 본다면 마룡왕 쪽이 낭패를 겪은 것만 같았다.

"왜 돌아온 것인지 모르겠구려."

마룡왕이 중얼거렸다. 그녀는 고개를 홱 돌려 퓨어세인트를 노려보았다.

"이곳에 돌아온 것이 그대에게 유리한 고지를 선점한 것이란 생각은 들지 않는데? 무슨 꿍꿍이인 것이오?"

그 질문에 퓨어세인트는 피식 웃었다.

"그런 의도로 돌아온 것이 아닙니다. 유리한 고지를 취하고자 했다면, 아까 그곳도 충분했습니다. 그건 당신이 가장 잘 알 텐데요?"

까득.

마룡왕이 이를 갈았다. 뉴욕 한복판에서 벌어진 격돌이 어떻게 진행되었는지는 모른다.

하지만 저 말만 들어보면, 마룡왕이 퓨어세인트를 압도하지 못한 것은 틀림없었다.

"그리운 얼굴이 많군요."

다시 아래를 내려 본 퓨어세인트가 입을 열었다. 그녀는 서두르지 않고 천천히 아래로 내려왔다.

얼핏 보기에 그 모습은 빈틈이 가득하게 보였으나, 마룡왕은 섣불리 덤벼들지 않았다. 퓨어세인트의 '기묘함'은 이미 충분히 겪어보았고, 마룡왕은 아직 그것을 완전히 간파하지 못했다.

퓨어세인트에게 '허점'을 찌르는 것은 무의미하다는 것만 지독히 학습했을 뿐이다.

"여러분이 이렇게 나올 수 있게 된 것은 솔직히 의외입니다."

"염원을 긁어모아 인과율을 채우고, 그렇게 강림한 네 노력이 헛수고가 된 것 같지?"

악몽의 결정자가 퓨어세인트를 올려보며 이죽거렸다. 그녀는 어느새 신물인 아모스를 쥐고 있었고, 샤나크는 그 곁에서 조용히 로브의 후드를 뒤집어썼다.

"글쎄요."

퓨어세인트가 방긋 웃었다. 긍정도 부정도 아니다. 헛수고……. 그럴 리가 없지. 악몽의 결정자가 입술을 비틀었다.

똑같이 강신했다고는 하지만, 입장이 똑같지는 않다. '염원'은 기적이 되어 여전히 퓨어세인트와 함께하고 있다.

"난 그리 무모하지 않답니다."

퓨어세인트가 말했다.

"귀찮아졌음은 인정하지만, 결과는 변하지 않을 겁니다. 지금 제 눈에는……. 여러분이 오물로 보이는군요."

"오물?"

하이로드가 눈을 끔벅거리며 중얼거렸다. 퓨어세인트가 작은 소리로 웃음을 터뜨렸다.

"예, 오물 말입니다. 악취를 뿜고, 주변을 더럽히는 오물. 존재하는 것만으로도 '더럽게' 느껴지는 오물 말이에요. 하이로드. 당신의 입장은 존중하고 싶습니다만……. 저는 당신의 후회마저 존중해 주지는 않을 겁니다. 당신은 이곳에서 비참하게 죽을 거예요. 다른 오물과 함께, 뒤섞여서, 정화될 겁니다."

그건 오만한 선언이었다.

"여러분도 마찬가지입니다. 제게 깃든 세상의 염원이 그리 말하고 있습니다. 더 이상 당신들은 필요가 없습니다."

"하."

흑장미여왕이 웃음을 터뜨렸다. 퓨어세인트는 그런 흑장미여왕을 한 번 쳐다보았다.

"좋아 보이는 군요, 흑장미여왕. 하지만 그 당장의 평안함이 결과적으로 당신을 새로이 죽게 만들 겁니다."

퓨어세인트의 눈이 악몽의 결정자를 보았다.

"악몽의 결정자. 위대했던 흑마법의 여왕……. 당신도 마찬가지입니다. 이곳에서 이뤄질 정화가 당신을 소멸시킬 수 있을지는 모르겠으나, 당신은 너무나 많은 죄를 지었습니다. 제가 바랄 수 있는 건, 당신이 이 세상에서 사라진 순간……. 당신이 쌓아 올린 시체와 악행을 떠올리며 일말의 후회를 하는 것입니다."

"참 가증스러우셔라."

악몽의 결정자가 이죽거렸다. 그 이죽거림을 무시하고서, 퓨어세인트는 무령을 보았다.

"그대 또한 마찬가지입니다. 아비를 해한 죄……. 극악하기 이를 데 없는 패륜이지요. 당신 또한 그 죗값을 치러야 할 겁니다."

"도발이 과하신데. 감당할 수 있겠어요?"

백현은 퓨어세인트를 올려보며 물었다. 그 질문에 퓨어세인트가 낮게 웃었다.

"묻는 대상이 잘못되었습니다, 백현. 아니…… 이제 당신을 그리 부르면 안 되겠지요. 이름 모를 신격이여. 희망의 등불이 꺼질 일은 없을 겁니다. 저는 이 한 몸을 불살라서라도 당신들과 세상의 추악함을 정화할 것입니다."

악몽의 결정자가 말한 대로였다.

저 얼마나 가증스러운가? 그마저도 거짓, 세상을 향한 자신의 숭고함을 과시하는 것일 뿐이다.

"함께 오시겠습니까?"

퓨어세인트가 양보하듯 손을 들어 올리며 권했다.

"전 어느 쪽이든 좋습니다. 여러분, 유일한 빛의 앞에서 그대들이 얼마나 하찮고 추악한지를 절감시켜 드리지요."

그 상냥한 권유에, 백현은 웃음을 터뜨렸다.

"뭔 생각인지."

합공을 생각하기는 했지만.

지금은 아니다.

백현은 웃으면서 하늘로 날아올랐다.

퓨어세인트가 웃었고, 빛이 아래로 떨어졌다.

5장
운명

추락해 오는 빛이 밝다. 서두르지 않고 날아오르던 백현은
역천자가 했던 말을 떠올렸다.

그는 백현의 장기가 혼돈을 다루는 것뿐이라면, 결코 퓨어
세인트를 위협할 수 없다고 했다.

역천자와 퓨어세인트가 밀약이라도 맺었던 걸까. 아니면 서
로가 약속 따위는 하지 않고 서로의 난동을 이용하려 드는가?

어느 쪽인지는 모르겠다. 하지만 둘 사이에 있던 팔로워라
는 연결 고리가, 둘이 서로의 본질을 파악하게끔 해준 것은 틀
림없어 보였다.

'그럼.'

백현은 긴장과 흥분을 동시에 느끼며 신력을 끌어 올렸다.

핏빛으로 물든 눈이 시커먼 신력을 일으켰다. 검은빛으로 뒤덮인 백현의 머리 위로 빛이 쏟아졌다.

콰르르르!

그건 거대하고 난폭한 흐름의 폭포를 정면으로 받아내는 기분이었다. 백현이 일으킨 신력은 퓨어세인트의 압도적 크기의 신력에 순식간에 삼켜졌다.

시야가 모조리 희다. 홀로 새하얀 세계에 동떨어진 기분이었다.

하지만 지워지지는 않았다. 삼켜졌다 한들 백현은 지워지지 않고 분명히 존재하고 있었다.

그러나 감탄을 금할 수 없었다. 이 얼마나 거대한 힘인가? 템페스트가 일으키던 광폭한 폭풍도 퓨어세인트의 빛과는 비교가 되지 않았다.

제 자신의 성역임을 뽐내던 헌드레드의 신력 또한 퓨어세인트와 비교하면 하찮게 느껴진다.

백현은 왜 퓨어세인트가 저리도 오만한 선언을 하였는지 깨달을 수 있었다. 그녀는 그럴 자격이 있었다.

세계 하나를 통째로 멸망시키고 지구에서도 대규모의 신앙과 숭배를 받은 퓨어세인트의 힘은, 다른 어비스의 신격들과 확실하게 동떨어져 있었다.

퓨어세인트의 빛이 어둠을 침식한다. 그래, 그건 침범이 아닌 침식이었다.

저 성스러운 빛은 기묘하게도 백현의 어둠을 파고들어, 어둠 자체를 빛으로 뒤바꾸고 있었다.

백현은 그것을 내버려 두지 않았다.

쿠르릉……!

백현의 손에서 혼돈이 피어올랐다. 집어삼켰던 혼돈의 근원이 백현의 신력과 뒤섞였다. 빛 속에서 어둠이 점점이 피어올랐다.

"허어."

개입하지 않고 방관하던 마룡왕의 눈이 크게 떠진다. 이곳을 떠나기 전까지만 해도 인간으로 남았던 백현이 신격이 되었다는 것도 놀라운 일이지만, 그것보다는 백현이 다루는 힘이 더 놀라웠다.

혼돈에 집어삼켜졌던 적이 있는 마룡왕이 저 힘을 알아보지 못할 리가 없었다.

'하지만 안 돼.'

마룡왕의 눈이 가늘어졌다.

마룡왕과 퓨어세인트와의 접전 자체는 그리 길지 않았다. 그 싸움은, 마룡왕이 평생 겪어온 모든 싸움 중에서도 으뜸으로 꼽을 정도로 괴상했다. 신격의 크기? 그런 것의 문제가 아니다. 그것만으로는 퓨어세인트와의 싸움에서 느낀 괴상한 위화감이 설명되지 않는다.

아직 백현은 그런 위화감을 완전히 인지하지 못하고 있었다. 그는 개벽의 빛처럼 밝고 웅장한 퓨어세인트의 신력 속을 자그마한 점이 되어 거슬러 오르고 있었다.

그녀와의 거리가 이렇게 넓었나? 아니면……. 내가 그 거리를 넓게 느낄 만큼 작아졌나. 그것도 아니면.

나는 단순히 나아가고 있다고 착각하고 있나?

그것을 깨달았을 때, 백현은 정지했다.

그 순간 백현의 몸이 아래로 추락했다. 추락은 찰나에 일어났지만 백현이 인지하기는 영원처럼 길었다.

추락이 충돌이 되기 직전, 백현의 시야가 확장되었다. 흐름은 뒤섞이지 않고 모두가 하나의 방향으로만 쏟아진다.

쿠우웅!

땅에 추락한 백현은 양다리를 펼쳐 몸을 지탱했다. 빛은 흩어지지 않고 올곧이 백현을 찍어 누른다.

백현은 입술을 핥으며 저릿한 양손을 들어 올렸다. 이 빛 속에서 질풍신뢰는 쓸 수 없었다. 어마어마한 구속력이 육체를 넘어 존재 자체를 붙잡고 있다.

'찍어 누르는 것으로는 날 뭉개지 못해.'

고통은 익숙하며 반갑다. 누르는 압력은 전신을 으스러뜨릴 정도로 거세지만, 뭉개지지는 않는다.

이보다 훨씬 제대로 된 살의가 아니라면. 그런 공격이 아니라면.

찍어 누르는 흐름이 더 거세어지는 순간. 보다 명확하게. 상대를 죽이기 위한 살의가 담겨, 증폭될 때.

그 순간의 어긋남을 천의무봉은 놓치지 않는다.

퍼어엉!

빛이 한순간 흩어졌다. 그 역시 찰나, 지극히 짧은 순간이다. 흩어진 빛은 금세 다시 뭉쳐 백현을 휘감으려 들었다.

느리다.

그 찰나를 포착하고 유린하기에 질풍신뢰는 비상식적으로 여겨질 만큼 빠르다. 뒤엉키는 빛은 아무것도 붙잡지 못했다. 파직거리며 튀어 오른 번개가 백현을 저 높은 곳으로 인도했다.

'붙잡히면 안 돼.'

확실하게 알았다. 저 거대한 빛 안에서 백현이 다루는 혼돈은 너무나도 작다. 역천자의 말대로다.

템페스트와 헌드레드에게 치명적으로 작용했던 혼돈은, 템페스트에게는 치명적으로 가해지지 않는다.

'어떻게 그럴 수 있지?'

아무리 그녀의 신력이 거대하다고 해도. 이질적인 혼돈이 신력의 안에서 아무런 비틀림도 의도하지 못하다니.

"상냥한 죽음을 드리려 했습니다."

퓨어세인트가 조용히 말했다. 그녀는 근접거리까지 접근한 백현을 응시하면서도 동요 없이 평온한 얼굴이었다.

"당신은 쭉 제 배려를 거절하시는군요. 발악 뒤에 받아들이는 것은 고통과 절망, 그리고 죽음뿐일 텐데."

퓨어세인트는 진심으로 그렇게 말하고 있었다. 빈자와 병자를 보는 듯한 안타까움이 진하게 깔린 눈으로. 퓨어세인트의 본질을 아는 입장으로는 가증스럽게 느껴질 눈이었다.

"전 당신을 구원하고 싶습니다."

'뭐야 이건?'

전투와는 다른 위화감.

백현은 자신을 응시하는, 연민으로 가득 찬 퓨어세인트의 눈을 보았다. 거짓말을 간파하는 것. 반드시라고는 말할 수 없는 재주이나, 심안과 눈썰미, 경험이 더해진다면 간파는 어렵지 않다.

저 눈은 거짓이 아니었다. 퓨어세인트의 말은 모두가 진심이었다. 추악한 과거와 본질을 가지고 있을 텐데. 퓨어세인트는 진심으로 백현에게 연민을 느끼고 있었다.

하지만 주먹은 멈추지 않고 나아간다.

쩌엉!

퓨어세인트의 앞에 나타난 백색의 방패가 백현의 주먹을 가로막았다. 맞닿은 순간, 백현은 거대한 흡입력이 자신을 통째로 빨아들이는 것을 느꼈다.

"말브론과 접촉해서는 안 돼!"

아래에서 보고 있던 악몽의 결정자가 외쳤다.

말브론은 망령수가 있는 세계와 연결된 통로다.

그곳에 삼켜진다면 신격, 아니, 백현이라 할지라도 생존이 불가능하다.

그건 백현도 알았다. 그는 즉시 주먹을 회수하며 허리를 뒤틀었다. 채찍처럼 쏘아진 다리가 말브론의 아래를 파고들었다.

하지만 퓨어세인트에게 직접적으로 타격을 가하지는 못했다. 퓨어세인트의 몸이 뒤로 쭉 밀려났다. 활짝 펼쳐진 빛의 날개가 접히며 백현을 끌어안으려 들었다.

파바박!

백현의 몸에서 어둠이 치솟았다. 쏘아진 신력이 퓨어세인트의 날개를 가로막았고, 백현은 뒤로 물러서며 양손을 가슴 앞에 모았다.

들끓는 신력과 혼돈이 파천강기가 되어 퓨어세인트에게 뿜어졌다.

그것마저도 말브론에게 삼켜진다. 말브론의 방언은 백현의 공격 속도를 웃돌 정도로 빨랐다. 그렇다면 속도를 올린다. 백현의 몸이 더더욱 가속했다.

퍼버버벙!

연이어 터진 폭음이 검은빛을 난무시킨다. 대부분의 폭발은 말브론에 가로막혔지만, 일부는 말브론을 넘어 퓨어세인트에게 충돌했다.

하지만 퓨어세인트의 몸을 뒤덮은 백광은 흔들리지 않는다.

"저들의 도움을 받을 생각은 없습니까."

퓨어세인트가 물었다. 저 아래에는 무령과 악몽의 결정자, 흑장미여왕이 있다.

그들은 경계와 적의를 숨기지 않고 이쪽을 노려보고 있었다. 특히 흑장미여왕은 적의가 아닌 살의로 무장해 퓨어세인트를 보고 있었다.

"당신은 저를 어찌할 수 없습니다."

퓨어세인트가 소곤거렸다. 그녀의 등 뒤에서 백색의 검이 나타났다. 모습만 검일 뿐이었다.

나타난 검을 쥐거나 휘두르는 동작은 필요하지 않았다. 성검이 내뿜은 검광이 백현을 향해 뿜어진다. 예리한 검광은 신력을 통째로 베어낼 만큼 강렬했다.

백현은 그 사이사이를 아슬하게 누볐다. 그는 꽉 쥔 주먹으로 다시 한번 말브론을 타격했다.

이번에도 똑같다. 손이, 아니, 존재 자체가 빨려 들어갈 것만 같았다.

"아직은 아니야."

백현은 조용히 말했다. 그 말에 퓨어세인트가 의아하단 표정을 지었다.

"지금이 아니라면 언제?"

빨려 들어가는 몸에 제동을 건다. 백현의 몸이 덜컹거리며 멈추었고, 그는 활짝 핀 손을 퓨어세인트의 얼굴을 향해 뻗었다.

포옹!

응집한 혼돈의 구체가 퓨어세인트의 얼굴을 향해 날았다. 그것을 본 퓨어세인트가 눈을 깜박거렸다.

콰아앙!

터진 어둠이 퓨어세인트의 몸을 뒤덮었다. 그녀가 펼치고 있던 빛의 날개가 푹 꺼졌다. 백현은 말브론에 빨려 들어가는 손을 더더욱 들이밀었다.

쑤욱!

백현의 손이 말브론에 삼켜졌다. 보이지 않게 된 손이 뒤틀리는 것을 느끼면서, 백현은 즉시 관측안에게 의지를 확장했다.

그러자 관측안이 쏟아진다. 관측안은 백현이 붙들어놓은 말브론의 안으로 삼켜졌고, 백현은 즉시 자신의 팔을 '끊었다'.

도마뱀이 꼬리를 자르듯 스스로 팔을 자른 것이다. 그렇게 잘린 팔은 피도 튀지 않는다.

그리고 즉시 반대편 손으로 천의무봉을 펼쳐 혼돈과 흐름을 조작했다. 퓨어세인트는 몸을 덮은 혼돈을 떨쳐내기 위해

빛을 일으켰다.

파천은 서로 다른 흐름을 엮어 엉기게 만들고, 그것이 한계에 달했을 때 모조리 풀어버리는 식으로 흐름을 폭주시킨다.

'제대로' 엮기만 한다면 상대가 일으키는 흐름이 강맹할수록 파천의 위력 또한 기하급수적으로 증가한다. 그것에 혼돈을 가미한다면 파천의 위력은 훨씬 더 커진다.

성역 한복판에서 펼치는 파천이 그토록 강력한 것은, 성역이 주인인 신격의 신화를 투영하고 있기 때문이다. 파천은 흐름을 붕괴시키는 것.

성역에서의 파천은 신격의 신화를 통째로 붕괴시키기에, 그 성역의 주인을 소멸시키기에 적합한 힘이다.

퓨어세인트는 지구의 신앙을 받고 있다. 그녀는 드레이브를 마룡왕과 격돌시키면서, 사람들의 숭배와 염원을 한계까지 끌어모았다.

그 숭배는 현재 진행 중인 신화가 되었다. 퓨어세인트가 염원이 불러온 기적으로서 강림한 순간. 지구에서 퓨어세인트가 행하는 모든 일은 그녀의 신화가 된 것이다.

'자신할 수밖에.'

그 신화를 주도하는 것은 퓨어세인트. 지금의 그녀에게 성역은 필요 없다. 지금의 퓨어세인트는 기적의 도중에 있었다.

사람들은 퓨어세인트의 패배를 바라지 않는다. 사람들은

퓨어세인트를 구원으로 생각한다. 그녀에게 맞서는 모든 이들이 악이라 생각한다.

결국 사람들은, 당사자가 되어버린다면 정의가 악을 쓰러뜨려 자신들을 구원해 줄 것을 바란다. 기적의 도중에 있다면 결국 구세주에 열광한다.

지금의 퓨어세인트는 지구의 구세주였다. 그녀의 본질이 얼마나 추악한 거짓으로 점철 되어 있다고 해도. 그러한 인식은 한순간에 뒤바꿀 수 있는 것이 아니다.

역설적으로 파천은 그런 상황에서 절묘한 위력을 만들어낸다. 퓨어세인트를 휘감은 기적, 그 모든 것이 백현이 일으킨 혼돈과 만나 뒤엉킨다. 그리고 그다음은.

붕괴.

쫘아아앙!

너무 큰 파괴에 공간 전체가 뒤엉킨다. 그 모든 것이 파천의 파괴를 증폭시킨다. 파괴는 확실히 퓨어세인트의 몸을 삼켰다. 백현은 어둠 속에서 퓨어세인트의 눈이 놀람을 담는 것을 보았다.

퓨어세인트의 날개가 뒤틀린다. 그녀의 팔다리와 몸뚱이가 공간과 함께 뒤틀린다. 백현은 천의무봉을 펼치는 손을 강하게 쥐면서, 복원된 반대편 손으로 퓨어세인트를 겨누었다. 그의 손에 가공할 위력이 모였다.

백현은 퓨어세인트를 보고 있었다. 하지만 그가 보는 것은 퓨어세인트뿐만이 아니었다. 말브론에 삼켜진 관측안.

이제 막 도달했다.

관측안은 타 신격의 성역 안에서도 힘을 잃지 않는다. 백현은 관측안을 통해 거대한 망령수를 '직접' 보고 있었다.

직접 보게 된 그 불길한 나무는, 악몽의 결정자가 보여준 것과 비교도 안 될 만큼 끔찍했다.

보는 것만으로 미쳐 버릴지도 모른다……. 백현은 악몽의 결정자가 말해준 경고를 이해했다. 실제로 정신이 흔들린다. 하지만 미쳐서는 안 된다.

백현은 확실하게 망령수를 보았다. 저것은 퓨어세인트의 이면, 아니, 본질. 파천과 직격한다면 어떤 식으로든 망령수가 반응을 보일 것이다. 관측안을 얻은 순간, 백현은 관측안을 이렇게 사용하겠다고 생각해 두었다.

'뭐야?'

관측안을 통해 보는 광경이 이해가 되지 않는다.

망령수 아래의 자그마한 나무. 퓨어세인트가 멸망시킨 세계에서 피워낸 망령수를 정화하는 것에 쓰고 있다는 그 나무가.

무수히 많은 '꽃'을 피워냈다. 망령수의 꽃은 누군가의 생명이다.

"미친."

백현은 무슨 일이 일어나고 있는 것인지를 깨달았다. 꽃은 계속해서 늘어나고 있다.

지구. 이 세상 어딘가에서, 퓨어세인트의 기적을 바라는 자들이 퓨어세인트를 대신해 무더기로 죽어가고 있는 것이다.

"보셨나요?"

소곤거리는 목소리가 너무 가까웠다. 백현은 피어난 꽃들이 다시 저무는 것을 마지막으로 보았고, 그 덕에.

콰지직!

막기에는 늦었다. 피하는 것마저 간신히 해냈다. 백현은 신력으로 발현된 호신강기를 꿰뚫고 들어오는 빛의 검을 경악한 눈으로 보았다.

"커윽."

아무리 고통이 익숙하다지만, 신음이 나오는 것은 당연했다. 힘주어 꽉 다문 입이 벌어지며 시뻘건 피가 뿜어져 나왔다.

배를 관통한 성검이 백열하며 백현의 신력을 불태운다.

파천에 직격당했을 퓨어세인트가 바로 앞에 있었다. 그녀는 연민에 찬 눈으로 백현을 응시하며 말했다.

"이 얼마나 안타까운 일입니까. 방금……. 당신에 의해 얼마나 많은 이들이 죽었는지. 알고 계십니까."

"미친년……!"

백현은 피를 토해내면서도 어이가 없어서 웃었다.

"그들을 죽게 한 건 너야!"

"아뇨, 당신입니다."

퓨어세인트는 표정을 바꾸지 않으며 대답했다.

"저는, 당신이 죽게 한 이들을 천국으로 인도할 뿐입니다."

"그 빌어먹을 나무가 천국이라는 거냐?"

"신이 있고, 신이 다스리는 곳이야말로 천국이지요. 당신이 보기에는 추악하고 끔찍한 곳일지라도, 그들은 그곳에서 저와 함께한다는 평온을 누리고 있습니다. 그곳이 천국이 아니라면 어디가 천국이겠습니까?"

퓨어세인트가 소곤거렸다. 백현을 관통한 성검이 더욱 강렬한 빛을 내뿜었다. 거기에 새로이 나타난 성검이 백현의 몸을 노렸다.

"당신이 저를 숭배하지 않아도 상관없습니다."

검 끝이 백현을 노린다.

"당신이 불신자라 해도, 저는 당신을 천국으로 인도해 드리겠습니다."

그 검이 백현을 꿰뚫으려는 순간.

콰아아아!

시뻘건 불길이 치솟았다. 백현을 꿰뚫으려던 검이 순간 멈칫거렸고, 그 틈은 백현이 움직이기에 충분했다.

백현은 성검에 관통된 몸을 통째로 비틀며 퓨어세인트와의 간격에서 벗어났다.

그 여파로 몸이 반 정도 찢겼지만, 심장을 노리던 검을 피하기에는 충분했다.

"바보야."

작은 중얼거림이 백현의 정신을 깨웠다. 백현은 목구멍에서 올라오는 핏물을 삼키며 아래를 내려다보았다.

"내가 보는 앞에서 죽여주겠다고 말했으면서. 그 꼴이 뭐야?"

아래에 있는 것은 사라였다.

그녀는 지독한 눈빛으로 퓨어세인트를 노려보고 있었다.

'안 돼.'

그것은 뚜렷한 확신이라곤 하나도 없는, 일방적인 직감이었다.

백현은 지금 사라가 퓨어세인트와 만나게 해선 안 된다고 생각했다.

"치명상이오."

하지만 백현이 뭐라 말하기도 전에, 굵직한 꼬리가 백현의 몸을 휘감았다.

"시도는 좋았으나 성급한 감이 없잖아 있구려. 아니면 혹, 그마저도 의도한 것이오?"

백현의 몸을 휘감은 꼬리가 당겨진다. 백현은 저항하지 않고 꼬리가 당겨지는 곳으로 날아갔다.

"대범하고도 무모하군."

백현의 몸을 끌어안은 마룡왕이 키득거렸다. 그녀는 크게 갈라져 피와 장기를 쏟아내는 백현의 상처를 손으로 어루만지며 말했다.

"저 계집의 공격은 무척이나 치명적이오. 아무리 그대가 신격이 되었다고 해도, 금세 회복할 수는 없겠지."

마룡왕은 그렇게 중얼거리면서 백현의 어깨를 감싸 쥐었다.

"회복할 때까지 본녀의 품 안에서 쉬도록 하시오."

"그럼 누가……."

"시간 정도는 끌어주겠지."

마룡왕은 그렇게 말하며 아래를 힐끗 보았다.

"덕분에 좋은 구경을 하게 되었소. 신격들의 합격은 어지간해선 보기 드문 진귀한 것이지. 특히 '저' 무령은 본녀가 알지 못하는 자이고, 악몽의 결정자……. 저 신격이 작정하고 드러내는 힘은 본녀도 체험하지 못한 것이오. 대마왕으로 이름 높았던 흑장미여왕의 힘도 무척이나 흥미롭구려."

마룡왕의 말대로였다.

악몽의 결정자와 무령, 흑장미여왕이 퓨어세인트를 노려보고 있었다.

"누군가를 끌어안는 것은 익숙하지 않소만."

상처 주변을 더듬던 마룡왕의 손이 백현의 상처로 향한다. 섬뜩한 통증에 백현의 몸이 움찔 떨렸다.

하지만 마룡왕의 손길은 무척이나 상냥했다. 그녀의 손이 천천히 벌어진 상처를 닫게 만들었다.

"나쁜 기분은 아니구려. 안은 상대가 싫지 않아서인지 말이오."

"……넌 가지 않을 거야?"

"가고 싶기는 하지만, 그것보다는 그대를 내버려 두고 싶지 않소."

마룡왕이 웃으며 대답했다. 그녀는 자신을 사납게 노려보는 사라의 시선에 더욱 진한 미소를 지었다.

"물론, 그대의 처(妻)는 그대가 본녀에게 안긴 것을 불쾌히 여기는 모양이지만 말이오."

"처?"

"음? 본녀가 너무 성급히 판단한 것이오?"

마룡왕이 고개를 갸웃거린다. 백현은 헛기침하며 몸을 살짝 뒤틀었다.

꾸드드득!

하지만 몸을 휘감고 있는 꼬리가 백현이 벗어나지 못하도록 강한 압박을 가했다.

"아직 그대의 상처는 낫지 않았소. 퓨어세인트, 저 계집은 만전의 상태일지라도 상대가 버거울 괴물이오. 충분히 쉬고 가도록 하시오."

"어……. 배려해 주는 것은 고맙지만."

"하하, 고맙다면 본녀의 배려를 즐기도록 하시오. 본녀에게 이런 배려를 받을 상대는 지금의 세상에서는 그대뿐이니 말이오. 그보다, 백현. 저 여인은 그대의 처인 게요? 아니면 아직 식을 올리지 않은 연인인가? 그도 아니면 그대에게 일방적인 구애를 보내는 가련한 여인일 뿐이오?"

마룡왕이 짓궂은 미소를 지었다. 지금의 상황에서는 조금도 어울리지 않을 질문이었다. 백현은 마룡왕의 꼬리의 압박이 거세어지는 것을 느끼며 대답했다.

"……처는 아니야. 아직은."

"그러면 언젠가는 처가 될 수도 있다는 것이로군?"

"피치 못할 일이 일어나지 않는다면……."

"호오, 피치 못할 일. 꽤나 즐거운 말이로구려. 그럼 백현, 보다 직설적으로 묻도록 하지. 저 여인과는 정을 통하였소?"

"그게 무슨 말이야?"

"교접했냐고 묻는 게요."

마룡왕이 백현의 귓가에 대고 소곤거렸다. 귓불을 훑는 숨결은 불처럼 뜨거웠고 흘려낸 말은 민망하기 그지없었다.

"아, 아직."

"흠, 그 또한 즐거운 말이로군."

마룡왕은 뜻 모를 미소를 지으며 말했다.

"사실 말이오. 본녀는 능력과 자격만 충분하다면 처가 몇이 되어도 상관은 없다고 생각하오. 아, 물론 그 경우에 본녀가 휘말린 상황이라면. 본녀가 인정하는 능력과 자격은 아주 간단하지."

마룡왕이 백현의 상처를 잡았다. 이번에는 아까처럼 손길이 상냥하지는 않았다. 엉겨 붙어 재생하던 상처가, 고의가 분명한 손가락에 조금 벌어졌다.

"아야!"

끔찍한 고통이지만 백현이 뱉은 비명은 어울리지 않게 깜찍했다.

"그 자격이 무엇인지 궁금하지 않소? 아주 간단하오. 바로 본녀보다 강할 것. 당연하지 않소이까. 그 '상황'에 본녀가 휘말린 것이오. 본녀가 점찍은 남자가 감히 본녀만으로 만족하지 못하고 다른 여인까지 처로 들이려 한다면, 당연히 그 능력과 자격을 입증해 본녀의 납득을 얻어야 하는 것이오."

"그걸 왜 나한테……."

"글쎄? 본녀도 잘은 모르겠구려. 그냥 본녀의 가치관에 대해 그대에게 말하고 싶었소. 아차차. 본녀의 손이 너무 거칠었군. 하지만 뭐, 치명상은 아닐 게요."

마룡왕은 껄껄 웃으며 백현의 상처를 헤집던 손을 뽑았다.

"일부러 한 것은 아니니 오해하지 마시오. 퓨어세인트의 신력이 그대의 몸 안에 남아 있었고, 그걸 과감히 뽑아내려 한 것뿐이외다."

마룡왕은 그렇게 말하면서 손에 잡혀 있던 퓨어세인트의 빛을 흩뜨렸다.

백현은 어이가 없어서 마룡왕을 돌아보았다.

"나도 알았는데……."

"저런, 당신은 부상자라오. 부상자가 자신의 몸 어디가 삐걱거리는 것을 알아차리는 것은 지극히 자연스러운 일이지. 하지만 부상자는 부상자답게 쉬고 있으면 되는 것이오."

말하던 도중, 마룡왕의 눈이 반짝 빛났다. 악몽의 결정자와 무령, 흑장미여왕이 움직이기 시작한 것이다.

"무척이나 흥미롭군. 퓨어세인트는 알 수 없는 존재였소. 시건방지게도 본녀와의 싸움에서도 상당한 여력을 남겨두고 있는 듯했지."

"……못 이길 정도였나?"

"흠, 그건 잘 모르겠소. 퓨어세인트가 작정하고 싸우지 않는다는 것을 알고서, 본녀도 김이 새버렸으니 말이오. 그리고…… 퓨어세인트는 열정적이지도, 절박하지도 않았소."

사실 핑계일 뿐이오. 마룡왕이 말했다.

"본녀는 퓨어세인트가 싫지만, 그녀를 꼭 죽일 필요는 없는 사정이라오. 그녀와 작심하고 싸운다면 본녀도 상당한 부담을 짊어져야겠지. 본녀는 싸우는 것을 좋아하지만……. 후후, 무턱대고 싸우는 것은 그리 좋아하지 않소. 본녀가 최종적으로 바라는 것은 당장의 짧은 승리가 아닌, 영원한 승자가 되는 것이라오. 그런 본녀로서는 지금 상황이 꽤나 즐겁구려. 그대가 휘말려 있다는 것이 안타깝지만."

"광장에서 무슨 일이 있었지?"

백현은 마룡왕을 바라보며 물었다. 그 질문에 마룡왕은 조금 난감하다는 표정을 지었다.

"부끄러운 일임은 알지만, 변명은 해야겠소. 백현. 그대는 본녀에게 가급적이면 무의미한 살생을 하지 말아 달라고 말했지."

"그랬었지."

"본녀가 죽이진 않았소. 아래에서 떠드는 외침들이 무척이나 시끄러웠지만……. 내버려 두었지. 하지만 본녀가 퓨어세인트를 공격하고, 몇 번이나 치명상을 입혔다고 생각했는데. 그대가 했던 것과 똑같았소."

마룡왕이 눈을 찡그렸다.

"퓨어세인트는 전혀 다른 곳에서, 멀쩡한 모습으로 튀어나왔지. 그리고 저 아래에서 시끄럽게 떠들어대던 인간들이 무더기로 죽어 나가기 시작하더군. 몇 번을 더 반복하니, 본녀도 확실히 알 수 있었소. 퓨어세인트는 알 수 없는 방법으로 자신의 죽음을 숭배자들에게 전가하고 있었소."

그 시점에서 마룡왕은 퓨어세인트란 존재에게 감탄했고, 동시에 경멸을 느꼈다.

"놀라운 것은 연속되었소. 그렇게 숭배자들에게 죽음을 전가시킨 퓨어세인트는, 더더욱 강해져 버렸소. 마치 숨겨둔 힘을 조금씩 보여주듯 말이오. 아마 지금도 그렇겠지. 퓨어세인트가 이 세계에서 자신의 숭배자들을 모조리 죽게 한다면. 그제서야 퓨어세인트의 진면모가 드러날 것이오."

백현은 마룡왕을 물끄러미 보았다. 당장의 짧은 승리가 아닌 영원한 승자가 되고 싶다고 했던가. 그 말이 무슨 의미인지 알았다. 마룡왕은 기묘함으로 무장한 퓨어세인트와 겨루어 괜한 힘을 소모하고 싶지 않았던 것이다.

보기 드문 좋은 구경이라고? 백현은 아래를 힐긋 보았다.

무령과 악몽의 결정자. 둘의 합공이 퓨어세인트의 전부를 끌어낼 수 있을까.

그 과정에서 얼마나 많은 사람이 죽어 나갈까.

"자신은 있나?"

"성급히 판단하기에는 너무 비밀스러운 적이로구려. 하지만 서로가 '만전'의 상태라면 해볼 법하지."

마룡왕이 빙긋 웃었다.

"백현. 본녀는 그 순간의 영광을 그대와 함께 누리고 싶소. 그대라면 괜찮을 것 같소."

마룡왕이 소곤거렸다.

"상처를 치유하는 것에 전념하고, 설령 상처가 모조리 나았다고 해도 이곳에 계시오. 저들이 대신해 퓨어세인트를 전부를 끌어낼 때까지."

"엄청 죽을걸."

"그대가 그런 인정에 휘말릴 인물은 아니라 생각하오."

"날 너무 무정한 사람으로 보는 것 아냐?"

"냉정히 승리만 생각한다면 지금이 최선이라 여길 뿐이오. 물론 최악일지도 모르지만."

"……아냐."

백현은 고개를 저었다.

"그건 아니야."

지금은 최악이 아니다.

백현은 사라를 보았다. 언명. 마룡왕은 사라와 퓨어세인트의 관계를 모른다.

퓨어세인트는 사라를 알고 있다.

퓨어세인트가 사라를 모두가 보는 앞에서 노골적으로 노렸던 것.

사라를 확보할 수 없다는 것을 확신하면서도, 퓨어세인트는 그렇게 행동했다. 그렇다면 그 행동 자체가 무언가를 '의도'했다는 것이다.

그 의도가 무엇일까.

"설마 당신과 합격을 펼칠 줄은 몰랐소."

무령은 그렇게 말하며 겉옷을 벗었다. 그는 벗은 옷을 라이룽에게 던져주며 악몽의 결정자를 힐긋 보았다. 그녀는 뾰로통한 표정을 지으며 무령을 돌아보았다.

　　"네 사도는 쓰지 않을 셈이야?"

　　"아직 미숙해 전장에 세울 정도는 되지 않소. 보는 것만으로도 경험이 될 테지."

　　"네가 처참하게 패배하는 것을 보여주려고?"

　　"그 또한 좋은 경험이 되겠지."

　　무령은 무덤덤한 얼굴로 대답했다. 그 말에 악몽의 결정자가 킬킬 웃었다.

　　"네 아비는 구제할 길이 없는 등신이라 생각했지만, 자식 농사는 어울리지 않게 참 잘 지었다고 예전부터 생각했지. 호법신장 연리운. 네가 무령의 권속이었을 때부터 너는 제법 괜찮은 놈이었어."

　　악몽의 결정자의 말에 무령은 피식 웃었다. 악몽의 결정자가 아모스를 쥐었다.

　　"그 생각은 여전해. 넌 아비보다 나은 놈이야. 개죽음이 어울리지 않을 정도로 말이지."

　　"벌써부터 죽음을 말하기에는 이르지 않소?"

　　"아니."

　　악몽의 결정자의 눈이 가늘어졌다.

푸확!

그녀의 몸이 일렁거리는 신력에 휘말렸다. 무령은 움찔 놀라 악몽의 결정자를 쳐다보았다.

자그마한 소녀의 모습으로 비치던 악몽의 결정자의 모습이 송두리째 흔들리고 있었다. 그것은 직면하는 것만으로도 정신이 오염될 정도로 거대한 불길함이었다.

"네가 나서기에는 이 전장은 너무 추악할 뿐이야, 아가야."

악몽의 결정자가 소곤거렸다. 무령은 놀란 눈으로 어둠 속에서 흔들리는 악몽의 결정자를 보았다.

그녀는 더 이상 소녀의 모습을 하고 있지 않았다.

"날 무시하는 것이오?"

무령은 악몽의 결정자를 직시하며 물었다. 그 말에 악몽의 결정자가 깔깔 웃었다.

"싹을 꺾고 싶지 않은 것뿐이야. 네가 말했듯, 보는 것만으로도 경험이 될 테지. 그러니 너도 보도록 해."

악몽의 결정자가 고개를 돌렸다.

"너도 마찬가지야, 아가야. 네 증오와 분노, 배신감은 이해하고 있지만 신격의 전장에 함께 서기에는 네가 너무 하찮구나."

악몽의 결정자가 사라를 돌아보았다. 하지만 의외로 사라는 반발하지 않았다. 단지, 지독한 감정이 섞인 눈으로 퓨어세인트를 노려볼 뿐이었다.

"아직 떠오르지 않았나 봐?"

"……페레하."

"그것으로는 의미가 없어. 네가 떠올려야 할 것은 저 존재의 '진명'이야. 페레하라는 이름이 아니라."

사라의 눈동자가 살짝 흔들렸다.

언명에 대해서는 들었다. 진명을 말함으로써 퓨어세인트의 역린을 찌를 수 있다는 말. 그게 정말 가능한 것인지는 사라의 상식으로는 잘 알 수가 없었지만.

페레하라는 이름은 퓨어세인트를 흔들지 않는다. 퓨어세인트는 물끄러미 아래를 내려 보고 있었다.

저 시선……. 사라는 입술을 잘근 씹었다. 저 시선이 정말 페레하인지, 솔직히 '똑같다'라는 생각은 전혀 들지 않았다.

"어쩌면 네 기억에 봉인이 걸린 걸지도 모르지. 마침 잘 되었어. 정신을 주무르는 것에 능숙한 하이로드가 곁에 있으니 말이야."

악몽의 결정자는 하이로드를 힐긋 쳐다보며 말했다. 하이로드는 아직도 본신을 강림시키지 않고 상황을 관망하려 들고 있었다. 악몽의 결정자는 그런 하이로드에게 한심함을 느끼며 고개를 돌렸다.

"아직 완전하지 않은데, 괜한 무리를 시키는 걸까?"

"날 배려해 줄 필요는 없어요. 이엘."

흑장미여왕이 웃으며 대답했고, 악몽의 결정자도 마주 웃었다.

"지금은 악몽의 결정자야. 너랑 같은 전장에 서는 날이 다시 올 줄은 몰랐는데……."

악몽의 결정자는 그렇게 말하면서 아모스를 들어 올렸다.

슈슈슉!

그녀의 아래에 시커먼 로브를 입은 자들이 솟구쳤다. 검은 로브를 걸친 샤나크가 그들의 중심에 섰다.

로브를 뒤집어쓰고 나타난 마법사들은 샤나크를 포함해서 열셋. 샤나크가 이끌고 있는 길드인 데스워크의 간부들이었다.

"감히 날 시간 끌기로 써먹으려 하는 심보는 괘씸하지만."

악몽의 결정자는 그렇게 중얼거리며 마룡왕 쪽을 노려보았다.

"나도 퓨어세인트에게는 많은 흥미가 있으니까 어울려 주도록 하지."

"조심하도록 해요."

흑장미여왕이 소곤거렸다.

"그녀는 위험합니다. 지금의 힘으로도 쉽지는 않을 거예요."

"그래도 겪어봐야 해."

악몽의 결정자가 말했다.

그녀의 아래에 모인 흑마법사들이 지팡이를 들어 올렸고, 그 중심에서 샤나크가 거대한 잔을 양손으로 받쳐 들었다.

"저 힘은 흑마법보다 추악해. 우리가 아니고서는 본질을 알기 힘들어."

악몽의 결정자와 흑장미여왕을 이용하기로 한 것은 마룡왕이 즉석으로 내린 판단이겠지만, 절묘한 노림수였다. 이 둘은 제일가는 흑마법의 대가들이다.

"당신들도 구원을 바라고 온 것입니까?"

퓨어세인트가 아래를 내려 보며 웃었다.

"정녕 구원을 바라는 것이라면, 당신들의 본질이 끔찍한 악일지라도 저는 자비로이 당신들을 천국으로 인도해 드리겠습니다."

퓨어세인트가 다시 날개를 펼쳤다. 그녀는 그렇게 말하는 중에도 사라를 빤히 보고 있었다.

'떠올릴 수 있을 거야.'

퓨어세인트는 재회의 기쁨과 또 그와 다른 즐거움을 느끼며 사라를 애틋한 눈으로 보았다.

'그것을 위해 하이로드가 네 곁에 있는 거니까.'

처음 하이로드와 손을 잡았을 때는 그를 '저렇게' 사용할 의도는 아니었다.

하지만 보라. 결과적으로 하이로드는 제 자의와는 상관없이 퓨어세인트가 바라는 대로 움직이게 되었다.

즉, 이것은 운명인 것이다.

퓨어세인트는 운명이 자신을 비호하고 있음에 크나큰 기쁨을 느꼈다.

6장
퓨어세인트

화르륵!

아모스의 촛대에 불이 붙었다. 그것을 쥔 악몽의 결정자는 더 이상 인간의 모습을 하고 있지 않았지만, 불꽃처럼 번쩍이며 타오르는 눈동자는 확실하게 퓨어세인트를 보고 있었다.

심지가 타오르며 촛대가 흔들린다. 시커멓게 변한 촛농이 줄줄 흐르면서 샤나크가 들고 있는 거대한 잔에 떨어져 고였다.

어느새 샤나크를 비롯한 흑마법사들은 입술을 달싹거리며 긴 영창을 외고 있었다.

잔을 채워가는 끈적거리는 어둠이 주변을 검게 물들여 갔다.

흑장미여왕도 움직인다. 이렇게 직접 몸을 움직여 싸움에 나서는 것이 얼마 만이던가.

고작해야 몇 년이겠지만, 죽어가던 흑장미여왕으로서는 이렇게 직접 전장에 서게 된 것이 그립고도 반가웠다.

또, 그 상대가 자신을 배신했던 원수라는 것이 흑장미여왕의 눈을 보다 강렬히 빛냈다.

"먼저 가겠습니다."

흑장미여왕이 소곤거렸다. 아직 악몽의 결정자의 준비는 완전히 끝나지 않았다.

사도와 다른 흑마법사들까지 대동해 펼치는 저 대규모 강령술은 악몽의 결정자의 전력을 끌어내기 위한 준비일 뿐이다.

일찍이 악몽의 결정자와 친교를 나누었던 흑장미여왕조차도 악몽의 결정자의 전력을 본 적은 없었다.

흑마법의 여왕으로 추앙받다가 결국에는 인간마저 초월해 버린 저 인외의 힘은, 본신으로도 감당이 버거울 만큼 위험하다.

그것은 퓨어세인트도 느낄 수 있었다. 그렇다 한들 퓨어세인트의 웃음은 걷어지지 않는다.

그녀는 방긋 웃으며 치닫는 어둠과 살의를 마주했다. 퓨어세인트의 등 뒤에서 새로이 빛의 날개가 펼쳐졌다.

개벽의 빛처럼 밝은 날개가 세상을 감싸듯 아래로 떨어져 내린다.

그리고 수많은 '가시'가, 빛을 꿰뚫었다.

콰콰콰콱!

빛의 날개가 갈기갈기 찢긴다. 그것을 본 퓨어세인트의 얼굴이 일그러진 웃음을 만들었다.

순수한 마기가 뭉쳐 만들어진 이형의 가시는, 정면에서 빛의 날개를 꿰뚫어낼 만큼 강력했다.

하지만 닿지 않는다. 보다 길게 쏘아진 굵은 가시가 빛을 분쇄하고 퓨어세인트의 얼굴을 노렸으나, 닿기 직전에 우뚝 멈춰 버렸다.

그것을 멈추게 한 것은 퓨어세인트의 아름다운 손이었다.

"학습 능력이 없군요, 세라스."

일그러졌던 미소는 어느새 상냥하게 바뀌어 있었다. 퓨어세인트는 친근함을 가득 담아 흑장미여왕의 이름을 부르며, 코앞에 멈춘 가시의 끝을 손으로 어루만졌다.

"어비스에 온 지 얼마 되지 않았던. 마신에 대한 분노를 무령을 죽여 해소하려던, 독기로 가득 차 있던 당신은……. 당신이 가장 강했던 전성기에 근접해 있었겠지요. 그때의 당신은, 지금보다 약했던 나에게 패배했습니다. 그때보다 더더욱 약해진 당신이 지금의 내게 닿는다는 것은 불가능한 일이에요."

파사삭!

가시가 흩어진다. 퓨어세인트의 말은 지극히도 당연했다. 더 이상 죽지 않게 되었다고 한들 흑장미여왕이 전성기에 비하지 못한다는 것도, 적극적으로 신앙을 끌어모은 퓨어세인트가 과거와 비할 수 없을 만큼 강력하고 까다로운 존재가 되었다는 것을.

"이상한 말을 하는군요."

흑장미여왕이 중얼거렸다.

콰드드득!

허공을 뚫고 수백 개의 가시가 쏘아졌다. 흑장미여왕은 그 가시 중 하나에 올라서서 퓨어세인트에게 가까이 다가갔다.

퓨어세인트는 짧은 웃음을 터뜨렸다.

"아주 이상해요."

가시들의 궤적이 바뀐다. 일직선으로 쏘아지던 것들이 갈라져 퍼져 나가는 번개처럼 흩어진다.

하나의 가시에서 수십 개의 가시가 돋아나고 그 가시에서 다시 수십 개, 그렇게 하늘은 증식된 가시로 가득 휘감겼다.

그 불온한 하늘의 중심에 퓨어세인트가 있었고, 흑장미여왕은 여전히 가시 중 하나에 올라서서 퓨어세인트를 응시했다.

"날 패배시켰던 당신은, 보다 끔찍한 존재였습니다."

셀 수 없이 많은 가시의 끝이 퓨어세인트를 겨누고 있다. 그 한가운데에 있는 퓨어세인트는 여전한 미소를 짓고 있었다.

"지금의 당신은 틀림없이 강하지만……."

흑장미여왕이 중얼거렸다. 어비스의 신격들 중, 오직 흑장미여왕만이 퓨어세인트의 '본질'을 겪어보았다. 그 갑작스럽고,

허무하게 끝나 버린 싸움. 퓨어세인트가 강신해 힘을 선보이고 있으니, 명확하게 그때의 퓨어세인트와 지금의 퓨어세인트를 비교할 수 있었다.

"그때와는 마치 다른 존재처럼 느껴지는군요. 당신은 정말 퓨어세인트입니까?"

그 소곤거림에 퓨어세인트가 환한 미소를 지었다.

콰콰콱!

세는 것이 무의미할 정도로 많은 가시가 퓨어세인트를 꿰뚫으려 들었고, 퓨어세인트의 날개가 넓게 펼쳐졌다.

[아직 죽이는 건 안 돼.]

'나도 알아요, 이엘.'

머릿속에서 들리는 목소리는 분명하게 들림에도 듣기가 힘들었다. 흑장미여왕은 펼쳐지는 날개가 가시의 전진을 분쇄하는 것을 보며 훌쩍 뛰어올랐다.

'힘 대중을 할 필요도 없어요. 작정하고 덤벼도 죽이지 못할 만큼 강합니다.'

[그래도 조심하는 편이 좋아. 저 계집의 부활은 꺼림칙해.]

그것은 백현도 확실하게 느끼고 있었다.

"조금 이상하구려."

여전히 백현을 끌어안고 상황을 지켜보던 마룡왕도 마찬가지였다. 그녀는 두 눈을 가늘게 뜨고 흑장미여왕과 퓨어세인트의 격전을 지켜보았다.

"퓨어세인트. 저 계집은 자신의 죽음을 숭배자들에게 전가시키고 있소. 그리고 부활할 때마다 더 강해지지."

마룡왕이 파악하기에는 그랬다. 백현도 그것을 근소하게 느꼈다. 부활한 퓨어세인트의 접근은 파격적이었고, 찔러오는 검은 예리하고 쾌속했다.

"그러면 더 적극적으로 '죽어야' 하는 것 아니오?"

마룡왕의 눈이 가늘어졌다. 흑장미여왕이 만들어낸 가시덤불 속에서 퓨어세인트는 고속으로 움직이며 그 속을 헤쳐 나가고 있었다.

웃는 얼굴이지만, 마룡왕은 퓨어세인트의 움직임에서 자신의 죽음을 의도하는 것이 아닌 필사적인 몸짓을 보았다.

"꽤나 열심이로군. 불필요하게 죽지 않으려 발버둥 치는 듯해."

백현은 조용히 고개를 끄덕거렸다. 상처는……. 이미 회복되었다. 하지만 당사자가 아닌, 제삼자의 입장이 되어야만 보이는 것도 있다.

지금 백현에게 필요한 것은 그런 시야였다.

[어떻게 할까?]

관측에 집중한 백현에게 악몽의 결정자의 목소리가 들려온다.

[난 이미 준비가 되었어. 필요하다면 퓨어세인트를 '잔뜩' 죽여주지.]

그게 어떤 의미인지는 너도 알겠지? 악몽의 결정자가 노이즈 섞인 목소리로 물었다.

'아직 부족해요.'

백현은 고개를 끄덕거리며 대답했다. 무엇이 부족한지, 그것은 굳이 악몽의 결정자에게 말할 필요가 없었다. 백현의 대답을 들은 악몽의 결정자가 킬킬거리며 웃었다.

[좋아. 그렇다면 충분히 알 수 있게 도와줄게.]

악몽의 결정자가 그렇게 말했을 때.

샤나크와 흑마법사들의 영창이 끝났다. 샤나크는 무릎을 꿇고 어둠이 가득 찬 잔을 높이 들어 올렸다.

아모스의 촛대는 이미 모두 녹아서, 악몽의 결정자가 쥔 것은 그저 길쭉한 막대기로 변해 있었다.

악몽의 결정자는 샤나크가 높이 들어 올린 잔에 아모스를 밀어 넣었다.

혈사자가 카르파고에게 무한전의 권능을, 암막의 주인이 헤루샤에게 천라지망을 준 것처럼. 이 신화급의 강령술은 악몽의 결정자가 샤나크에게 선물한 위대한 권능이다.

잔을 가득 채운 어둠이 들끓는다. 그를 받든 샤나크의 몸도 함께 떨렸다.

콰르르르르!

잔 속의 어둠이 치솟았다. 그것은 악몽의 결정자가 본신으로도 감당하지 못해 흩뜨려 놓은 광기 자체였다.

등 뒤의 섬뜩함에 흑장미여왕이 몸을 젖힌다. 그녀의 의지에 따라 퓨어세인트를 압박하던 가시들이 일제히 '길'을 열어주었다.

'과연.'

인간. 흑마법사. 상위 존재와의 계약에서 을이 될 수밖에 없는 입장에서, 무수히 많은 상위 마족을 파멸시키고 결국 마왕마저 농락한 흑마법사.

그것이 저 흑마법의 여왕이다. 일찍이 수많은 존재를 파멸시키고 그들의 죽음마저 사역하여, 안식 없이 영원한 악몽을 떠돌도록 결정지은 존재의 본질이 인간이라니. 누가 믿을 수 있을까?

퓨어세인트는 덮쳐오는 광기에 일종의 동질감을 느꼈다. 그 드넓은 광기는 인간이었던 존재가 결코 감당할 수 없을 만큼 크고 위험하다.

인간을 이루는 대부분의 것을 침식하고, 간신히 남은 것들마저 포기해 버리게 만든 광기.

동질감을 느낄 뿐이다.

"당신과 난 다릅니다."

퓨어세인트는 작게 중얼거렸다.

그 중얼거림이 무색하게, 퓨어세인트의 몸이 광기에 삼켜졌다. 저항처럼 펼치려던 빛의 날개는 광기로 이룬 수많은 손에 붙잡혀 꺾이고 찢기다가, 펼쳐지지 못하게 접혔다.

덮쳐오는 도저히 떨쳐낼 수 없는 압도적인 힘이었다. 그것은 악몽의 결정자가 현현시킨 진정한 본질이었다.

"아."

백현은 두 개의 광경을 목도하며 몸을 떨었다. 억눌려 사라지는 빛이 발악처럼 힘을 뿜고, 이윽고 잔재가 되어 흩어진다.

이미 버린 것들을 긁어모아서 이룬 악몽의 결정자는, 샤나크의 등 뒤에서 자신의 광기가 폭주하는 것을 만족스레 보고 있었다.

"멋지군."

마룡왕도 잠시 넋을 잃고서 악몽의 결정자의 광기가 퓨어세인트를 짓누르는 것을 보았다.

"저 무식하기 짝이 없는 공격이 실은 얼마나 섬세한지 보았소? 하하, 보기로 한 가치가 있군. 대체 얼마나 많은 흑마법이 동시에 펼쳐진 것인지 본녀의 눈으로도 완전히 보지는 못했소이다."

그것이 하나의 광경.

다른 하나는 관측안으로 보는 광경이다. 저 한 번으로 무수히 많은 죽음이 꽃을 피운다.

대체 저 한 번의 죽음에서 소생하기 위해 얼마나 많은 사람이 죽은 것일까?

'그딴 것.'

지금은 조금도 중요하지 않다. 백현의 의식은 한계까지 집중되어 관측안의 시야를 보고 있었다.

퓨어세인트의 부활.

새로운 망령수.

그것이 대체 무엇을 의미하는지.

'부족해.'

망령수가 피어나는 순간은 일순(一瞬)이다. 아무리 백현이라고 해도 그 한 번으로 꿰뚫어 보는 것은 불가능했다.

피어났다가 저무는 것…… . 죽음으로 피어난 망령수의 꽃들이 금세 다시 시들어 버린다. 왜 시드는 걸까. 원래 시드는 건가?

[부족하지?]

악몽의 결정자가 소곤거린다. 휘몰아치는 광기의 바깥에서 퓨어세인트가 다시 태어났다. 하지만 그녀가 날개를 펼치고 고개를 들기도 전에.

콰드드득!

거대한 가시가 퓨어세인트의 몸을 꿰뚫었다. 퓨어세인트의 입이 벌어지며 검게 죽은 피가 뿜어졌다. 그 뒤에 곧바로 광기가 새로이 덮쳐온다.

충분히 알 수 있게 도와준다고 했다. 악몽의 결정자는 자신이 한 말을 지켜 나갔다.

또다시 수많은 꽃이 피어난다. 그리고 즉시 저물어간다. 꽃들이 완전히 피기도 전에 저문다.

저물어 흩날리는 꽃잎들이 흩어져 사라진다.

'봤다.'

이번에는 볼 수 있었다. 꽃을 떨어뜨리는 것. 꽃잎을 거두어가는 것. 그건.

'아이언메이드.'

자신이 본 것을 파악해 가면서, 백현은 아이언메이드를 불렀다.

'부탁 좀 하자.'

대답은 들리지 않았지만, 백현은 일방적으로 아이언메이드에게 부탁을 전했다.

"아아……."

하이로드는 긴 탄식을 흘리며 위를 보았다. 악몽의 결정자와 흑장미여왕의 연수는 분명 대단했다.

저 퓨어세인트가 제대로 된 반격도 하지 못하고 밀리고 있다.

하지만 그것은 승기를 확정 짓지 않는다. 오히려 죽음이 번

복될수록 퓨어세인트의 저항은 거세어지고 있다.

하이로드는 퓨어세인트의 본질을 알 수 없었으나, 이 싸움이 퓨어세인트의 패배로 끝나는 것을 도저히 생각할 수가 없었다.

하물며, 그녀는 아직까지 마신의 조력을 사용하는 낌새도 보여주지 않았다. 저토록 몰리는 모습에도 충분한 여력을 숨기고 있다는 뜻이다.

"하이로드!"

해리가 빽 하고 고함을 질렀다. 그는 주저앉은 사라의 곁에 서서 그녀의 머리를 향해 손을 뻗고 있었다.

사라는 입술을 달싹거리면서 원독에 가득 찬 눈으로 퓨어세인트를 노려보고 있었다.

"찾았어요!"

사라와 퓨어세인트 사이에 어떤 인연이 있는지는 모른다. 하지만 저 여자는 틀림없이 퓨어세인트의 역린을 알고 있을 터.

그런데……. 왜 언명으로 사용할 진명을 말하지 못하는 걸까.

잊어버렸나?

상관없다. 사람의 기억이란 완전히 소실되지 않는다. 단순히 떠올리지 못할 뿐, 기억이란 무의식 깊은 곳에 잔재되어 있다.

그런 기억들은 작은 계기를 통해 깨어낼 수 있다. 그렇게 했는데도 깨어내지 못한다면.

"역시."

하이로드가 반색하며 사라에게 다가갔다. 하이로드는 해리를 대신해 사라의 머리에 손을 뻗었다. 생각대로였다.

사라의 기억 중 한 부분은 봉인되어 있었다.

어린 시절의 기억…….

스스로 봉인한 것이 아니다. 다른 누군가가, 사라의 기억을 봉인했다.

'주교? 하하, 뭔가 했더니…….'

하이로드는 손쉽게 사라의 기억을 읽어내리며, 해리가 찾아낸 봉인의 입구까지 다가갔다. 그렇게 함으로서 하이로드는 사라와 퓨어세인트, 아니, '페레하'라는 이름을 가진 소녀와의 관계를 모조리 이해했다.

17차원 프로아를 파멸시켰다는 사교의 마녀란 존재도 알았고, 그녀를 추앙하는 광신적 집단에 대해서도 알았다.

사라의 기억을 봉인시킨 것은, 어린 시절 그녀가 몸담았던 교회의 주교였다.

사람들은 세계수의 파멸자를 사교의 마녀라 불렀지만, 교회는 그녀를 성녀라고 불렀다. 그리고 경건함을 담아 성녀에게 어울릴 숭배의 이름을 붙였다.

그 이름은 교회의 주교와 성녀의 후보들에게만 전해진다. 후보들은 그 이름을 들은 순간 즉시 기억을 봉인 당한다.

혹여 어린 성녀 후보들이 배교라는 끔찍한 죄를 저질렀을 때, 불신자들이 증오를 담아 그 이름을 부르지 않게끔 하기 위해서였다.

그래 봤자 인간의 봉인이다. 그 하찮은 마법을 뚫는 것에 하이로드는 조금의 어려움도 느끼지 않았다.

"윽."

기억의 봉인이 깨어진 것에 사라의 몸이 가볍게 떨렸고, 읽어 들인 기억에 하이로드의 표정이 움찔 떨렸다.

곧, 그는 어이가 없어서 웃음을 터뜨렸다.

"맙소사, 고작 이거였나?"

하이로드는 그렇게 웃었다. 머리를 부여잡고 있던 사라가 신음을 흘렸다.

"자, 말하십시오. 어려운 것이 아닙니다. 이미 알고 있는 이름이라고 해도 어떻게 '인식'하느냐가 중요한 겁니다."

"안 돼……!"

해서는 안 된다. 사라는 직감하여 그렇게 중얼거렸고, 하이로드는 이상하다는 듯이 사라를 힐긋 쳐다보았다.

안 되긴 뭐가 안 된다는 건가? 사라는 몸을 떨며 백현을 쳐다보았다. 그 시선을 느낀 백현이 급히 고개를 돌려 사라를 쳐다보았다.

"당신이 하지 않는다면 내가 하면 되지."

하이로드는 뿌듯한 기분을 느끼며 앞으로 나섰다. 백현의 입이 벌어졌다. 그는 급히 마룡왕의 꼬리를 벗어내고 하이로드를 향해 달려들었다.

하지만 그것보다, 하이로드가 외치는 것이 빨랐다.

"퓨어세인트!"

하이로드는 모두가 들으란 듯이 커다란 소리로 외쳤다.

그 이름이 프로아의 광신도들에게 어떻게 전해지고 숭배되었는지를 확실히 인식하고서. 이 세상의 퓨어세인트와, 프로아의 성녀이자 마녀였던 존재가 어찌 불렸는가를 인지하며.

"아."

난무하는 죽음 속에서 퓨어세인트는 탄식을 흘렸다.

"너 따위에게 불리고 싶지 않았는데."

저 이름을 말해주는 것이 사랑하고 아끼던 이가 아니라는 것. 그것에 퓨어세인트는 진심으로 안타까움을 느꼈다.

모든 것이 그대로 정지했다. 퓨어세인트를 둘러싸던 가시도, 그 사이를 누비며 덮쳐오던 광기의 폭풍도. 그들뿐만이 아니라, 이곳에 있던 모두가 정지했다.

'뭐야…….'

정지했다고 생각할 뿐, 의식은 확실하게 움직인다. 정지한 모두가 이 기묘한 상황에 당황했다.

마치 의식과 몸의 연결이 뚝, 하고 절단된 것만 같았다. 다양한 경험을 해온 신격들이지만, 이런 경험은 처음이었다.

그들 중 가장 크게 당황한 것은 언명을 외친 하이로드였다. 그가 짓고 있는 우쭐한 미소는 몸과 함께 정지해 버려서 사라지지 않았고, 의식만이 커다란 경악을 느끼고 있었다.

이건, 생각했던 것과는 전혀 달랐다. 언명은 퓨어세인트의 역린. 늘상 불러오던 '퓨어세인트'라는 신명은, 새로이 인식하고 의식하여 외침으로서 확실한 언명이 되었을 터다.

신격에게 있어서 신명은 자신을 상징하는 것이다. 그것은 결코 거짓을 섞을 수 없는 본질이다.

거짓된 신명은 진정 본인으로 삼는다는 것은 신격이 이룬 신화와 본질 자체를 부정한다는 뜻이다.

그렇게 된다면. 신격은 무너진다. 부정해 버린 신화와 본질이 독이 되어 신격을 파멸시키게 된다.

하지만 이건……. 대체 뭐란 말인가? 하이로드는 꼴사납게 짓고 있는 우쭐거리는 미소를 일그러뜨리고 싶었으나, 정지해 버린 입꼬리는 미동도 하지 않았다.

세계가 천천히 갈라졌다.

갈라진 틈이 활짝 열린다. 그 너머에서 창백할 정도로 흰 팔이 뻗어져 나왔다.

우우우우…….

커다란 울림이 신격들의 몸을 떨리게 만들었다.

그리고, 끌려져 간다.

"잘 들었습니다."

도달한 곳은 기묘한 세계였다.

이미 보았던 자들은 이곳이 어디인지 알았다. 악몽의 결정
자가 자아의 일부를 보내어 엿본 세계.

백현이 관측안으로 보고 있던 세계. 도달한 즉시 추락이 시
작된다. 그들은 우뚝 솟은 거대한 나무를 보았고.

"날 부르는 이름을."

조용히 읊조리는 존재를 보았다. 그건 이질적이고 불길했다.
꿈틀거리는 나무 넝쿨 사이에서 걸어 나오는 존재는 하얀 백발
과 창백한 피부를 가졌고, 전신에 붉은 문신을 새기고 있었다.

실 한 오라기 걸치지 않은 알몸이었다. 발목까지 내려온 풍
성한 은발을 양손으로 받쳐 드는 여인의 모습은 음탕하고 추
악해 보였다.

"하지만 네게는 불리고 싶지 않았어."

여인이 붉은 눈을 반개하며 중얼거렸다. 그녀가 보는 곳에
엘프의 모습을 한 하이로드는 없었다. 흉측하고 거대한 뇌만
이 있었다.

"어……. 어떻게?"

하이로드가 더듬거리며 물었다. 시간은 더 이상 느려지지 않았다. 하이로드가 질문한 순간 흑장미여왕이 달려들었다.

세계를 관통할 수 있을 것 같은 거대한 가시가 쏘아졌고, 악몽의 결정자가 불러들인 광기가 여인을 덮쳤다.

"바뀌었습니다."

여인이 중얼거렸다.

콰아아앙!

휘둘러 친 나무줄기가 가시를 정면에서 으깨었다. 슬쩍 들어 올린 손에서 펼쳐져 나온 빛이 광기의 전진을 가로막았다.

"모든 것이 바뀌었어요. 아니, 모든 것이 이제야 제대로 되었다고 해야 할까요. 사실 어느 쪽이든 상관은 없죠."

뚜둑, 뚜둑.

여인을 붙잡고 있던 넝쿨들이 끊어진다. 여인은 넘실거리는 광기와 저 아래에서 이쪽을 노려보는 악몽의 결정자를 힐긋 보았다.

"어떻게?"

퓨어세인트가 방긋 웃었다.

"난 결국 퓨어세인트이기 때문입니다."

"그럴 리가."

하이로드가 더듬거리며 말했다.

"신명이 똑같다지만, 의미가 전혀 달랐어······. 지구에서의 당신은 모조리 거짓이었다."

"맞아요."

퓨어세인트가 나긋한 목소리로 말했다.

"지구의 퓨어세인트는 프로아의 마녀와는 다릅니다. 하지만 둘 다 결국은 나죠. 아주······. 귀찮았어요. 굉장히 귀찮았죠."

퓨어세인트가 하이로드를 향해 손을 뻗었다.

쫘드드득!

휘몰아치는 힘이 하이로드의 존재를 압박했다. 거대한 뇌가 파들거리며 떨렸고, 하이로드가 비명을 질렀다.

"바탕이 되어 있다고 해도, 새로운 신명을 만드는 것은 쉬운 일이 아니었습니다. 하지만 당신들의 무지와 탐욕 덕에 아주 힘들지는 않았습니다. 그때의 나는 진심이었거든요."

퓨어세인트가 소곤거렸다.

"당신들이 지구의 인간을 장기 말로 삼을 때, 나는 진심으로 그들을 구원하고자 했습니다. 그건 지금도 마찬가지입니다. 비록 그 구원이 그들이 바라는 것과는 다를지언정, 나는 여전히 그들의 구원을 바랍니다."

"하지 말라고 했잖아, 등신이······!"

악몽의 결정자가 얼굴을 일그러뜨리고서 내뱉었다. 퓨어세인트는 키득키득 웃었다.

"이미 늦었습니다. 모든 것이 늦었죠. 고맙다는 생각마저 드는군요. 당신들 덕분에⋯⋯. 드디어 저는 진정한 제가 될 수 있었습니다."

퓨어세인트에게 있어서 그 신명은 두 개의 의미를 갖는다.

세계수를 썩게 만들어 프로아를 멸망시킨 사교의 마녀.

썩어버린 세상을 죽음으로 정화하고 이상향을 여는 사교의 성녀.

프로아의 숭배자들에게 성녀는 퓨어세인트라는 이름으로 불렸다. 그러나 프로아에서 퓨어세인트를 성녀로 숭배하는 이들은 압도적으로 그 수가 적었다.

절대다수의 사람들이 이름 모를 마녀를 세상을 멸망시킨 끔찍한 악신으로 여겼다.

둘 모두가 퓨어세인트의 본질이었다. 퓨어세인트는, 그중에서 '성녀'로 불리는 퓨어세인트를 지구에서의 본질로 두었다.

결국 다를 것은 하나도 없었다. 프로아의 숭배자들이 퓨어세인트를 세계의 구원자로 여겼듯, 지구의 숭배자들도 퓨어세인트를 어비스에 침식된 세계를 정화할 구원자로 여겼다.

퓨어세인트는 어비스의 신격 중 유별날 정도로 많은 인간을 권속으로 두었다.

그것에 그치지 않고, 꾸준히 권속들을 앞세워 선행을 보여주고 꼴사나운 영화까지 찍어가며 퓨어세인트라는 이름에 확실한 이미지와 인식을 심어주었다.

"줄다리기를 하는 기분이었답니다."

퓨어세인트의 몸이 천천히 떨어진다. 바스러지는 가시 위에서 흑장미여왕이 뛰어내렸다. 흐트러지는 광기가 악몽의 결정자의 뜻에 따라 퓨어세인트를 쫓아서 추락했다.

그것뿐만이 아니라 악몽의 결정자는 직접 앞으로 나섰다. 그녀는 샤나크와 흑마법사들을 뒤로 물러서게 하며 퓨어세인트의 앞을 가로막았다.

"둘 모두 나였지만……. '성녀'는 너무 약했거든요."

당연한 일이었다.

망령수를 근원으로 삼은 것은 '마녀'다. 아무리 숭배자들이 퓨어세인트를 성녀라고 떠들어 봤자, 그들은 압도적 소수였으며 프로아가 멸망에 치닫고 있다는 것은 진실이었다.

"아무리 지구에서 신앙을 긁어모아 봤자, 성녀는 너무 약했어요."

퓨어세인트의 등 뒤에서 날개가 펼쳐졌다.

그건 아까와 같은 빛의 날개였으나, 그 본질은 판이하게 달랐다. 펼쳐진 날개가 추적해 오는 흑장미여왕을 가로막았다.

꽈아앙!

거대한 충격에 흑장미여왕이 숨을 삼켰다. 몸을 밀어내는 힘의 본질은 흑장미여왕에게 결코 낯설지 않았다.

과거 어비스에서 퓨어세인트에게 패배했을 때. 그때 느꼈던 힘이 지금과 똑같았다.

그리고 하나 더……. 결코 잊을 수 없는 무언가가 본질에 섞여 있었다.

'마신?'

흑장미여왕이 경악하여 힘의 본질을 깨달았을 때. 악몽의 결정자가 일으킨 광기 또한 퓨어세인트의 날개와 부딪쳐 흩어졌다.

악몽의 결정자의 얼굴이 일그러졌다.

'마신의 힘?'

아까의 격전에서 단 한 번도 사용되지 않았던 힘이다. 광기가 흩어진다. 악몽의 결정자는 빠득 이를 갈면서 두 발을 뒤로 끌었다.

사라진 아모스를 대신하듯 수많은 마도서들이 그녀의 주변에 떠올랐다.

"고마운 일이죠."

무령이 땅을 박찼다. 그는 두 눈을 매섭게 빛내며 양손에 신력을 휘감았다.

하지만 '이 세계'에서 무령의 신화는 결코 대단하지 않았다. 퓨어세인트가 손을 뻗자 망령수가 휘감은 죽음이 넝쿨로 뭉쳐 무령에게 쏘아졌다.

"나에게 있어서 이 모든 것은 운명이고, 기적이었습니다. 고 마운 일입니다. 덕분에 저는 원하는 모든 것을 이룰 수 있게 되었습니다."

"마신을 등쳐 먹었구나!"

악몽의 결정자는 어이가 없어서 그렇게 외쳤다. 그 외침에 퓨어세인트가 웃음을 터뜨렸다.

"오해할 말은 하지 마세요. 말했잖습니까, 운명이고, 기적이 었다고. 처음부터 그럴 생각이었던 것은 아니에요. 처음의 저 는 마신과 아주 우호적이고 타당한 거래만 할 생각이었답니다."

흑장미여왕에게서 마신의 씨앗을 빼앗았을 때.

퓨어세인트는 많은 생각을 했다. 이걸 어떻게 해야 '잘' 사용 할 수 있을까?

어찌 사용해야 할까 확실한 판단을 내리기 힘들었고, 결국 은 봉인해 두었다.

그리고 혼돈의 근원이 폭주했을 때. 퓨어세인트가 의도에 벗어난 실패를 겪었을 때.

어비스가 지구에 침식되고, 신격들이 서로를 간섭할 수 없 는 외차원에 틀어박힌 신세가 되었을 때.

퓨어세인트는 그 씨앗을 어떻게 해야 잘 사용할 수 있을지. 드디어 판단을 내릴 수 있었다.

"서로를 위한 거래였습니다."

신화가 하찮다고 해도 무령의 솜씨는 우습지 않았다. 그는 덮쳐오는 넝쿨을 농락하듯 움직이며 거리를 좁혔고, 체득한 무를 일념으로 담아 퓨어세인트에게 일격을 가했다.

그러나 그 일격은 퓨어세인트의 가느다란 손 앞에 가로막혔다.

"마신은 지구를 원했고, 나는 그의 도움이 필요했습니다."

그래서 이 세계를 만들었다. 사교의 마녀로 불리던 악신 퓨어세인트를 통째로 봉인해 이 세상의 토대로 삼았다.

그 땅에 마신의 씨앗을 심었다. 숭배자들의 염원이 씨앗을 발아시킬 양분이 되었다.

그렇게 나무가 자라났고, 숭배자들의 죽음은 꽃이 되었다. 마신은 그 꽃을 거두어 수확해 공물로 받아갔다.

본래의 계획이라면. 퓨어세인트는 마신에게 지구를 바치고, 그의 도움을 얻어 혼돈의 근원을 확실하게 자신의 것으로 삼을 셈이었다.

그 과정에서 마신이 어비스를 바란다면, 얼마든지 줄 생각도 있었다. 어차피 퓨어세인트의 바람은 어비스에 있지 않았다.

"혼돈의 근원이 염원 따위를 들어주지 않는 파괴적인 힘이라는 것은 알고 있었습니다. 하지만 모든 독은 결국 쓰기 나름이지요."

마신의 조율을 받는다면 혼돈의 근원을 확실하게 자신의 것으로 삼을 수 있다.

17

그것을 삼킨다면, 신격마저 초월하게 되는 것도 결코 헛된 바람은 아니게 된다.

"하지만 운명은 그 너머를 보여주었습니다."

퓨어세인트는 상냥한 웃음을 지으며 무령의 주먹을 옆으로 밀어냈다. 무령의 몸이 돌풍에 휘말린 양 회전하며 옆으로 치워졌다.

급히 악몽의 결정자가 퓨어세인트를 가로막았지만, 그녀의 눈은 자신이 결코 지금의 퓨어세인트를 막을 수 없다는 것을 이미 절감하고 있었다.

"기적적인 재회 덕에."

무령이 날아간 순간 라이 룽이 달려들었다. 그녀는 입술을 꽉 깨물고서 부족한 깨우침대로 양 주먹을 인도했다.

퓨어세인트에게 있어서 그건 걸음을 방해하는 작은 돌부리조차 되지 않았다.

주먹이 닿기도 전에 라이 룽의 몸이 정지했고, 그녀의 두 무릎이 굽혀졌다.

퓨어세인트는 두 눈을 방긋 휘어 웃으며 사라를 보았다.

재회는 틀림없는 기적이었다. 다시는 저 아이를 만나게 될 것이라고 생각하지 않았다. 저 아이는, 어디선가 죽었을 거라고 생각했다.

굶주림을 이기지 못해……. 잘 움직이지 못하는 몸을 억지로 이끌고 나가. 결국에는 죽어버렸노라고.

간신히 찾아간 집이 텅 비어 있었을 때. 너무 늦어버렸노라고 얼마나 절망해 울었던가.

"모든 것이 나를 축복하게 되었습니다."

하지만 다시 만났다. 만나 버렸다. 외차원에서 저 붉은 눈을 보았을 때. 기질 자체는 바뀌었으나, 저 영롱한 붉은 눈을 보고- 저 아이가 누구인지 깨달았을 때. 얼마나 환희에 몸을 떨었던가.

그 순간 퓨어세인트는 계획을 바꾸었다.

숭배자의 죽음은 마신에게 바치기로 한 망령수를 완성시킨다. 본래라면 망령수를 완성시키는 것에 열중했을 터이나, 더 이상 그래서는 안 되었다.

퓨어세인트는 손에 쥔 것을 모조리 손에 넣기로 마음먹었다. 더 이상 버리고, 놓치지 않기로 했다.

당장 사라를 취하지 않은 것은 가지고 있던 것을 최대한 부풀리기 위해서였다. 더 많은 것을 손에 쥐기 위해서였다.

이 세상에 최대한 많은 신앙을 전파하고, 숭배자의 수를 늘렸다. 그리고 염원을 받아 일찍이 강신하여 마지막으로 신앙을 크게 늘렸다.

안타까운 것은, 마룡왕과 백현, 악몽의 결정자, 흑장미여왕과의 싸움에서 꽤 많은 목숨을 마신에게 줘버렸다는 것.

그게 아쉽기는 했으나, 손에 넣게 된 것에 비하자면 손실은 터무니없이 적다.

악몽의 결정자가 피를 토하며 한쪽 무릎을 꿇었다. 퓨어세인트는 서둘러 그녀에게 죽음을 전해주지 않았다. 그녀는 사뿐한 걸음으로 악몽의 결정자를 지나쳤다.

"오지 마!"

그리 외치기는 했지만, 샤나크는 말을 듣지 않았다. 그는 꽉 이를 악물고 퓨어세인트의 앞을 가로막았다.

그 등 뒤에는 몸을 떠는 해리와 눈을 부릅뜬 사라가 있었다. 하이로드의 거체는 수많은 넝쿨에 휘감겨 있었다.

"멈춰."

샤나크가 간신히 내뱉었다. 하지만 퓨어세인트는 그의 말에 조금도 귀를 기울이지 않았다.

싱긋 웃으며 손을 뻗은 것이 전부였다. 샤나크의 입에서 시커먼 피가 줄줄 흘렀다.

그는 후들거리는 다리에 간신히 힘을 주면서 버티려 했으나, 사도인 그가 신격의 전진을 가로막는 것은 불가능했다.

"전부 너 덕분이야."

드디어 퓨어세인트는 사라와 마주할 수 있었다. 그녀는 양팔을 벌리며 사라에게 다가갔다.

"네가 와준 덕에. 나는 전부 가질 수 있었어."

사라가 퓨어세인트를 기억해 준 덕분이다. 그 덕분에 봉인해 두었던 악신인 '자신'을 깨울 수 있었다.

이 세상에 심고, 마신에게 진상하기로 한 망령수와 그를 거두어 가기 위해 함께 심은 마신의 권능마저 손에 넣을 수 있었다.

"그 이름을 네가 불러주지 않은 것이 아쉽지만."

퓨어세인트의 눈이 힐긋 하이로드를 보았다.

꽈드드득!

그를 휘감은 넝쿨이 거센 압박을 가했다. 뇌가 짜부라진다. 툭툭 불거져 나온 뇌의 표면이 터지며 뇌수가 흐른다. 하이로드가 비명을 질렀다.

"왜, 왜 나만! 왜 나만 죽이는 겁니까?"

"너 따위가 내 이름을 불렀기 때문입니다."

퓨어세인트는 웃으며 그렇게 말했다.

"어차피 빠르고 늦고의 차이일 뿐입니다. 모두가 평등하게……. 내게 구원될 겁니다."

"그만……. 그만!"

"오히려 내게 고맙게 여기도록 하세요."

퓨어세인트가 고개를 저었다.

"내가 불리게 될 수 있던 것은 네 도움이었고, 그 이전에도 네게 많은 도움을 받았지요. 그 더러운 목소리로 날 부른 것은 괘씸하고 불쾌하지만……. 너와의 인연을 생각해, '일찍' 천국으로 인도해 드리지요. 다른 이들은 천국에 닿기 전에 먼저 지옥을 겪을 겁니다."

"그런…… 나는……."

"안녕."

뻐어어엉!

뇌가 터졌다. 치솟은 핏물과 뇌수가 빗물처럼 떨어지다가, 흩어져 사라져 버렸다.

하이로드와의 연결이 끊어진 것에 해리가 발작을 일으켰다. 그는 머리를 두 손으로 움켜잡고서 뒤집어 쓰러져서는 입에 거품을 물었다.

"그는 오지 않았어."

퓨어세인트는 사라가 자신을 잘 볼 수 있도록, 긴 머리카락을 들어서 얼굴을 보여주었다.

사라는 그 얼굴을 보고 아무런 말도 하지 못했다. 눈동자와 머리의 색이 다르고, 피부가 더 희다……. 얼룩처럼 번져 있는 문신도 다르다.

하지만 저 얼굴은 틀림없는 페레하의 것이었다.

"결국 그 역시 널 버린 거야."

백현은 이곳에 없다.

모두가 이곳에 끌려 들어왔을 때, 백현은 오지 않았다. 마룡왕도 오지 않았다.

"하지만, 슬퍼하지 마. 사라."

머리카락이 다시 쏟아졌다. 퓨어세인트는 양팔을 벌리고, 사라를 끌어안기 위해 다가갔다.

"내가 여기 있잖아. 이제 우리는…… 잃어버린 것들을 함께 만들러 갈 거야. 이제는 사라져 버린 그 세계를, 우리가 다시 재건할 거야. 그리고……."

퓨어세인트의 말이 뚝 멈췄다. 그녀는 싸늘하게 식은 눈을 하고서 고개를 치켜들었다.

사라는 멍하니 고개를 들어 하늘을 올려보았다.

하늘이 갈라지고 있었다.

7장
주인

"가지 마시오."

모두가 저 세계로 빨려 들어갔을 때, 마룡왕과 백현은 빨려 들어가지 않고 남아 있었다.

백현은 양손으로 땅을 짚었다. 그를 '짓누르고' 있는 것은 떨쳐낼 수 없을 만큼 거대한 힘이었다.

상냥한 압박이었다. 날카롭고 단단해야 할 비늘은 무르게 변해 백현의 몸을 포근히 감싼다. 하지만 '힘'은 무겁다.

백현은 고개를 들어 위를 보았다.

거대한 용의 머리가 보였다. 마룡왕이었다. 저 세계로 강제로 연행되는 순간, 마룡왕은 즉시 자신의 본신으로 변해 인도되지 않고 이 세상에 남아 버텨냈다.

전투에 적합하지 않아 그리 선호하지 않는 모습이기는 하지만, 단단함과 더불어 버티는 것에는 이만한 모습이 없었다.

그럼에도 버티는 것이 버거웠다. 땅에 박아 넣은 꼬리가 쭉 끌려갔고, 활짝 펼친 날개도 꺾어질 정도로 젖혀졌다.

하지만 버티는 것에는 성공했다. 모두가 저곳에 인도되었지만, 마룡왕과 백현은 지구에 남았다.

"본녀의 행동이 거칠었던 것은 사과하겠소."

마룡왕은 그렇게 말하면서, 백현을 덮고 있던 거대한 앞발을 들어 올렸다. 백현은 몸을 일으키며 숨을 몰아쉬었다.

"하지만 막을 수밖에 없었소. 저곳은 틀림없이 위험한 곳이오. 본녀는 싸움을 즐기지만, 저토록 불리한 곳에 무턱대고 돌격할 만큼 아둔하지는 않다오."

백현은 제대로 서서 마룡왕을 올려보았다. 마룡왕의 본신을 보는 것은 처음이다.

예전에 파천을 써서 마룡왕을 죽일 뻔했을 때 본 적이 있기는 하지만, 그건 벗어버린 허물일 뿐이었다.

마룡왕의 본신은 웅장하고 아름다웠다. 전신을 덮은 붉은 비늘은 촘촘하고 매끄러웠으며, 몸체는 투박하지 않고 유연한 곡선을 이루고 있었다.

긴 꼬리의 끝은 칼끝처럼 날카로웠고, 펼치지 않고 접은 날개의 피막은 노을 진 하늘의 색을 연상시켰다.

사납고 위엄찬 용의 머리는 평소 보던 마룡왕다웠다. 그녀는 커다란 붉은 눈을 수심으로 채우며 백현을 내려 보았다.

"그러니, 가지 마시오. 저 안은 틀림없는 죽음이 도사리고 있을 것이오."

"나 말고 모두가 가버렸어."

"그렇다고 해서 그들과 같은 파멸을 그대가 자처할 필요는 없소."

마룡왕의 머리가 아래로 내려온다. 그녀는 거대한 눈을 빛내며 백현을 응시했다.

백현은 자신의 앞에 있는 마룡왕의 눈을 보았다. 그건 마치 커다란 거울처럼 백현을 비추고 있었다.

"그대가 싸움을 좋아한다는 것은 알고 있소. 즐겁다면, 그 끝이 파멸일지라도 달려들고 마는 습성(習性). 그건 그대의 본질이오. 하지만, 백현. 본녀는 그대가 이렇게 죽게 하고 싶지 않소."

"가지 않는다면 무엇이 변하지?"

"목숨을 건질 수 있소."

마룡왕이 대답했다.

"죽지 않으면 답은 얼마든지 강구해 낼 수 있소."

"그러면 너무 늦어버려."

"상실의 아픔은 증오가 되어 그대를 보다 날카로이 만들어 줄 것이오. 본녀가 그랬던 것처럼 말이오."

"너와는 달라."

백현은 천천히 고개를 저었다.

"지금의 나는, 무엇 하나 버리지 않아도 될 정도의 힘은 가지고 있어."

"스스로의 힘을 오산했다는 생각은 하지 않소? 그대는 퓨어세인트를 모르오. 본녀도 마찬가지지. 우리 중 누구도 퓨어세인트의 본질을 알지 못했소. 후퇴는 굴욕일지언정 미래를 제한하진 않소. 하지만, 오산해 전진한다면……."

"고마워."

백현은 피식 웃었다.

"그래도 말이야. 난……. 도저히 버리고 싶지 않거든. 왠지 알아?"

백현은 손을 들어 자신을 가슴을 쿡 찔렀다.

"이게 문제야. 여기 아주 깊은 곳에서, 버리기 싫다고 징징거리는 새끼가 있어. 누군지 알아? 그 새끼는 바로 나야."

꾸욱.

가슴을 찌르는 손가락이 살갗을 파고들어 피를 냈다. 피는 굉장히 뜨거웠다.

"어린 시절의 나일지도 모르고, 조금 나이를 먹은 뒤의 나일지도 모르지. 도원경에 들어가기 전의 나이거나, 들어갔다 나와서 망가져 버리거나……. 결국 모두가 지금의 나인 거야. 그

새끼가 버리기 싫다고 징징대고 있어. 버려 버리면, 그 새끼는
진짜 또라이가 되어버릴 거야."

알고 있다.

이건 끝내 버리지 않은 인성이다. 이미 조각나서 언제 박살
나 무너질지 모른다고 해도, 그것은 확실하게 존재해서 백현의
깊은 곳에 남아 있다. 쭉 그랬다. 쭉.

백현은.

무신이란 신명을 가진 신격이 되기 전부터 그랬다. 백현이란
인간은 자기 자신을 한계와 파멸에 몰아붙일지언정 다른 것들
을 자신처럼 망가뜨리는 것을 싫어했다.

백현을 잠식한 광기는 무의 완성을 추구해 스스로를 파멸
의 구덩이에 던지는 것이 전부는 아니었다. 그의 광기는 주변
에 대한 집착이기도 했다.

그는 서민식에게 집착한다. 어린 시절을 함께한 유일한 친
구. 식물인간이 되었을 때를 보살펴 준 은인이기 때문이다.

그는 사라에게 집착한다. 사라가 도원경을 벗어나 지구로
온 뒤에도, 백현은 쭉 사라에게 집착했다.

그 집착은 애정이 아닌 보호였다. 그는 사라가 죽는 것이 싫
었다.

검무희와 천의무봉에게도 집착했다. 연결 고리인 '우자' 때문
이었다. 모두가 오지랖이고 굳이 하지 않아도 될 일이라 말했

지만, 백현은 군이 검무희와 천의무봉을 구하려 들었다.

그 집착은 무령에게도, 악몽의 결정자에게도, 샤나크에게도, 라이 룽에게도 똑같다. 그들이 얄은 고리로 매여진 관계가 아니기 때문이다.

그래서 버리고 싶지 않다. 저 일그러진 집착이 백현이 가진 인성이었고, 광기였다.

버린다는 것은 인성을 버리는 것. 그러면 결국 광기만이 남는다. 백현은 그렇게 되고 싶지 않았다.

광기의 화신이 되어버린다면 의외로 즐거울 것 같기는 하지만.

"그러니까 가야겠어."

백현은 눈동자에 비치는 자신에게 말해주었다. 거울이 닫힌다. 마룡왕이 눈꺼풀을 닫았다.

백현은 천천히 몸을 돌렸다. 그가 한 걸음 앞으로 걸었을 때.

"가지 말라고 말했는데도 결국 가겠다는 것이오?"

콰사삭!

용의 몸뚱이가 허물어졌다. 쩍하고 갈라진 머리에서 걸어 나온 마룡왕이 백현을 쳐다보았다. 백현은 뒤를 돌아보지 않았다.

"정 가야겠다면, 본녀는 그대를 막고 싶소. 장담해 드리지. 본녀는, 그대가 저 안으로 갈 '필요'가 없어질 때까지 여유롭게 그대의 발을 잡을 수 있을 것이오."

"그렇게 한다면 난 널 싫어할 거야."

그 말에 마룡왕의 어깨가 움찔 떨렸다. 잠시 후, 그녀는 낮은 웃음을 터뜨렸다.

"그건 참 두려운 협박이로군. 하지만 본녀는 그대가 죽는 것이 더 두려워."

"안 죽도록 노력할 거야."

"천명은 노력으로 어찌할 수 있는 것이 아니오."

마룡왕이 손을 뻗었다. 막겠다고 했다. 하지만 다가오는 마룡왕의 손은, 백현을 막기 위한 것이 아니었다. 천천히 다가온 마룡왕의 손이 백현의 손목을 잡았다.

"그러니 본녀가 도와주겠소."

꽈악.

마룡왕의 손에 힘이 들어갔다.

"그대는 짓궂어."

마룡왕이 중얼거렸다.

"도와달라고 직접 말하지 않고, 본녀가 도와줘야겠다고 나서게 만드는 것이 아주 짓궂어. 그러니까, 굳이 들어야겠소. 백현."

"도와줘."

백현은 멋쩍은 미소를 지으며 마룡왕을 돌아보았다. 그 웃음에 마룡왕은 작은 만족감을 느끼며 고개를 끄덕거렸다.

"안의 상황은 파악하고 있소?"

"퓨어세인트가 날뛰고 있어."

"그 힘은?"

"악몽의 결정자와 흑장미여왕이 '졌다.'"

"끌려 들어가고 얼마 지나지도 않았는데 벌써…… 후후, 의외랄 것도 없군. 그걸 보고도 들어가겠다 이 말이지?"

"응."

"본녀는 이미 뱉은 말을 처지에 따라 무르는 비겁자가 아니라오. 피하고 싶은 상황이지만 도와주겠다고 말했으니 어쩔 수 없구려."

마룡왕은 키득키득 웃으며 백현과 함께 걸었다. 그녀와 백현은 활짝 열린 틈새로 다가갔다.

"계획은 있소?"

"무턱대고 들어갈 생각은 아니야."

"본녀가 무엇을 도와주면 되겠소?"

"퓨어세인트를 막아줘."

막아 달라고. 마룡왕의 눈이 가늘어졌다.

"그대는 무엇을 할 생각이고?"

백현은 빙긋 웃었다. 소곤거리는 말에 마룡왕은 자신도 모르게 어이가 없어서 웃음을 터뜨렸다.

"미쳤군."

그 말 외에 다른 무슨 말을 할 수 있을까? 하지만 그 미친

짓에 동참하기로 한 것은 마룡왕 본인이다. 이미 뱉어버린 말, 무를 생각은 추호도 없었다.

"이런 모험을 체험하는 것도 오랜만이구려. 지금의 퓨어세인트를 본녀가 과연 얼마나 막을 수 있을까……. 후후. 정말 할 생각이라면, 그대도 서둘러야 할 거요. 그대가 먼저 죽던가, 아니면 본녀가 먼저 죽던가. 아니면 둘 다 죽던가."

"둘 다 살던가."

백현의 대답에 마룡왕은 피식 웃었다.

"하이로드가 죽었어."

"얄미운 새끼가 죽었군. 직접 보지 못한 것이 아쉽구려, 애도의 말을 전할 가치도 없는 놈의 죽음은 보는 것만으로도 즐거울 터인데."

마룡왕은 그렇게 말한 뒤에 천천히 입을 벌렸다.

"길을 열겠소."

백현은 무릎을 굽혔다.

쫘아아앙!

마룡왕의 작은 체구가 들썩거릴 정도로 거센 기염이 뿜어졌다. 일직선으로 쏘아진 기염이 어둠을 꿰뚫었다. 백현은 굽혔던 무릎을 펼쳐 기염 속으로 뛰어들었다.

시뻘건 화염은 세상 전부를 불태울 만큼 뜨거웠지만, 백현에게는 조금도 뜨겁게 느껴지지 않았다.

그러면서도 그 어마어마한 힘은 백현의 몸을 싣고 그를 어둠 너머로 날려주었다.

콰르르릉!

순식간에 풍경이 바뀐다. 맡는 호흡은 폐를 썩게 할 정도로 불길하고 추악했으며, 거대한 망령수의 모습이 보였다.

백현은 그 높은 하늘에서 기염과 함께 추락했다. 화염이 번져 나가며 하늘을 뒤덮었다.

백현은 이쪽을 올려 보는 퓨어세인트와 사라의 시선을 보았다. 시커멓게 죽은 피를 줄줄 흘리며 하늘을 보는 샤나크와도 눈이 마주쳤다. 신음하며 일어서는 악몽의 결정자를 보았다.

나뒹군 몸을 튕겨 일어서는 무령이 백현을 보며 입을 벌렸고, 일어서기 위해 안간힘을 쓰는 라이 룽의 어깨가 흠칫 떨렸다.

급히 달려들던 흑장미여왕도 우뚝 멈추어 하늘을 보았다.

"버리긴 누가 버려?"

백현은 그렇게 중얼거리면서 양손을 들어 올렸다.

쿠르릉!

백현의 손에서 피어오른 어둠이 흩어지는 기염의 붉음과 얽혔다.

"사라."

백현의 목소리는 그가 일으키는 현상에 동반된 굉음과 비할 수 없을 정도로 작았다.

하지만 사라는 분명히 그 목소리를 들었다. 사라는 주저앉은 몸을 급히 일으켰다. 멍하니 하늘을 보고 있던 퓨어세인트는 화들짝 놀라 사라를 돌아보았다.

그녀는 자신을 지나치려는 사라에게 급히 손을 뻗었다. 하지만 그렇게 뻗은 손은, 무엇 하나 부수지 못할 만큼 여렸다.

꽃을 꺾지 않고 보듬어 살피기 위한 손이었다. 사라는 홱 하고 눈을 돌리며 퓨어세인트의 손을 뿌리쳤다.

"……네가 아니야."

사라의 중얼거림이 퓨어세인트를 움찔 떨게 만들었다. 사라의 몸이 퓨어세인트를 지나쳤다.

퓨어세인트는 삐걱거리며 고개를 돌려 사라가 백현을 향해 날아가는 것을 보았다.

"안 버렸어."

백현은 사라를 품에 안으면서 말했다. 붉게 타오르는 눈이 아래를 노려보았다.

퓨어세인트의 입술이 살짝 벌어졌다. 그녀는 마른 웃음을 토하며 고개를 저었다.

"아니라니. 그럴 리가 없잖아."

화아악!

퓨어세인트의 뒤에서 빛의 날개가 펼쳐졌다. 망령수가 거대한 울림을 토해냈다.

백현은 사라를 꽉 끌어안고, 그녀의 귀에 작은 소리로 소곤거렸다. 그 말을 들은 사라가 당황한 얼굴로 백현을 쳐다보았다.

"반드시 돌아올게."

백현이 중얼거린 말은 그것으로 끝났다. 사라는 잠시 백현을 바라보다가, 고개를 끄덕거렸다. 백현을 꽉 안고 있던 사라의 팔에 스르륵 힘이 풀렸다.

'어딜 보는 거야?'

퓨어세인트는 백현의 눈을 보며 잠시 의아함을 느꼈다. 저 눈은 아래를 보고 있었으나, 자신을 보는 것이 아니었다.

하지만 그 의아함에 몰두할 수는 없었다.

쫘직!

굉음과 함께 어둠이 순간 흩어졌다. 먼저 쏘아낸 기염으로 백현을 보냈던 마룡왕이 침입해 온 것이다.

"부탁할게."

백현은 마룡왕에게 그렇게 말해주고서 아래로 추락했다. 여전히 백현은 퓨어세인트를 보고 있지 않았다.

마룡왕은 살짝 고개를 끄덕거리며 사라를 향해 손을 뻗었다. 그녀의 손에서 흩날린 비늘이 크게 열리더니 사라의 몸을 휘감았다.

"살아서 오시오."

마룡왕의 몸이 백현보다 빠르게 추락했다. 그녀는 백현을 보고 있는 퓨어세인트의 시야를 뒤덮으며 오른손을 휘둘렀다.

그 팔은 순식간에 용의 팔로 변모해, 퓨어세인트를 후려쳤다. 하지만 타격 직전 내려온 날개가 마룡왕의 팔을 가로막았다.

"뭘 하려는……."

순식간에 벌어지는 상황을 퓨어세인트는 이해하지 못했다. 게다가 아직 상황이 끝난 것도 아니었다.

그 자그마한 빛은, 굉장히 은밀했다.

으레 '저격'이란 그런 것이다. 방아쇠를 당기기 전에는 사수 외에 누구도 저격의 존재를 알아서는 안 된다.

지금도 마찬가지였다. 마룡왕의 기염이 문을 열었고, 백현과 마룡왕이 퓨어세인트의 시야를 빼앗았다.

그리고 저격수는 다른 차원에 있다.

'아이언메이드?'

일발로 충분하다.

그 일발로 퓨어세인트를 죽일 수는 없다. 애당초 이 저격은 퓨어세인트를 죽이기 위한 것이 아니다.

과거, 위천의 한가운데에서 그 공간을 해석해 낸 것처럼. 아이언메이드의 관측안은 이 세상의 일부를 해석해 냈고, 백현의 부탁 같은 강요에 따라 확실한 일발을 쏘아주었다.

차원 바깥에서 쏘아낸 빛. 발포된 곳은 은화산이다. 아이언메이드가 만들고, 발렌시아가 쏘아낸 일발이 차원과 차원을 꿰뚫고 가로질렀다.

그 일발이 적중한 곳은, 작은 망령수의 뿌리였다.

"……뭐 하는 거죠?"

퓨어세인트는 어이가 없어서 그렇게 물어보았다.

아무 의미 없는 일발이었다. 차원 너머에서 아이언메이드의 저격이 가해질 것이라곤 생각하지 못했다. 하지만 더 이상은 없다.

차라리 교전 도중 허를 찌르는 셈으로 쐈다면 또 모를 일이다. 설마 저 일발로 망령수를 소멸시킬 셈이었나?

맙소사, 정말 그것을 의도했다면 어리석고 오만하기 짝이 없다. 저깟 일발로 소멸될 만큼 망령수가 우스워 보였단 말인가?

"미친 짓."

마룡왕이 중얼거렸다. 그녀는 용의 팔을 전진시키며 퓨어세인트를 압박했다.

"여러모로 미친 짓이라오."

저격의 흔적은 아주 작은 구멍이었다.

사람 하나 드나들기 충분한 구멍.

'아.'

퓨어세인트는 어이가 없어서 웃어버렸다.

백현이 그 구멍으로 뛰어드는 것을 본 순간, 웃음을 참을 수가 없었다.

"설마. 이제 와서 내게 마신의 씨앗을 빼앗으려고?"

헛웃음을 참을 수가 없었다.

"이미 심어져 피어났습니다. 그걸 어떻게 빼앗겠다는 거죠? 날 죽이지 않는 한 저 씨앗은 빼앗을 수 없습니다. 그가 아무리 혼돈을 다룬다고 해도……."

"빼앗는 게 아니라더군."

마룡왕이 중얼거렸다.

"굉장히 터무니없는 말이지만 말이오."

마룡왕은 날개에 뭉개진 비늘을 힐긋 보며 전신을 비늘로 휘감았다.

"그는 저 씨앗을 주인에게 돌려준다고 말했소."

퓨어세인트의 웃음이 뚝 멈추었다.

"무슨 말인지 알겠소?"

마룡왕도 퓨어세인트와 마찬가지로 웃어버렸다.

"그는 마신을 만나러 간 것이오."

아이언메이드의 저격은 '꿰뚫었다'.

백현은 감고 있는 눈을 떴다. 턱하고 막혀오는 호흡이 정신을 아찔하게 만든다. 하지만 곧 적응했다.

이미 경험이 있었기 때문이다. 마왕의 인장과 명계에서. 백현은 마기를 호흡하는 것이 얼마나 지독한지를 이미 겪어보았다.

하지만 적응 뒤에는 금세 익숙해질 수 있었다. 살령 덕분이라지만, 그는 한 번 마왕의 몸을 얻은 적이 있었다. 그런 경험이 신체(神體)를 적응하게 만들었다.

"……됐다."

[되기는 뭐가 돼?]

짜증 가득한 목소리가 들려온다. 지금으로써는 반가운 목소리였다. 은화산에 있는 발렌시아가, 관측안과의 링크를 통해 자신의 목소리를 보내오는 것이다.

[네 부탁대로 꿰뚫기는 했어. 하지만…… 진짜 할 거야?]

"싸우면 져."

백현은 무덤덤하게 말했다.

그만큼 지금의 퓨어세인트는 가공하고 끔찍한 적이었다. 완성된 망령수와 지구의 망령수. 거기에 마신의 씨앗을 통해 마신의 힘마저 사용하고 있다.

지금의 퓨어세인트는 신격들 전원이 함께 덤빈다고 해도 막는 것이 요원하다. 마룡왕이 도와준다고 해도 결과는 달라지지 않는다. 빠르고 늦고의 차이일 뿐이다.

그렇다면 빼앗을 수 있는 것부터 차근차근 빼앗아가야 한다. 백현은 주변을 둘러보았다.

망령수의 뿌리. 그 안의 근원지는 마기로 가득 차 있었다. 백현은 아까 보았던 광경들을 떠올렸다.

피었던 꽃이 꽃잎으로 무너져 흩어질 때. 그를 거두어가는 '흰 손'.

그 역시 보았던 적이 있었다. 무도의 마왕의 가슴을 뚫고 나왔던 손. 마신의 손이었다.

하지만 그 손은 지금 보이지 않았다.

[퓨어세인트가 마신을 배신했어.]

발렌시아가 내뱉었다. 그녀는 이미 관측안을 통해 망령수의 일부를 해석해 냈고, 퓨어세인트가 떠드는 말을 통해 그녀가 '왜', '어떻게' 마신을 배신할 수 있었는지를 알고 있었다.

[망령수의 토대로 삼은 자신의 신명을 깨워, 마신의 씨앗을 장악해 버린 거야. 위대한 마계의 마신님은 속이 뒤집어지겠지. 설마 이런 식으로 빼앗길 것이라고는 생각도 하지 못했을 테니까.]

터무니없는 상황이었다. 마신이 퓨어세인트와 계약했을 때만 해도, 사라의 기억이 언명이 되어 퓨어세인트가 봉인한 악신을 깨운다는 상황은 절대 일어나지 않을 일이었다.

[네 부탁대로 이곳을 해석해 보고 있기는 하지만……. 이 공간은 이미 퓨어세인트에게 장악되어 있어. 대마계에 있는 마신이 개입할 수 없다는 말씀이야. 아무리 절대신격이라고 해

도 타 차원을 습격하는 것은 굉장히 많은 제약이 따른다고.]

"그래 보여."

백현은 주변을 둘러보았다.

뒤엉킨 흐름은 손댈 수 없을 만큼 난폭하다. 그 근원지는 확실하게 보이기는 했다.

'씨앗.'

그렇게 듣기는 했지만, 생각처럼 씨앗의 모습을 하고 있지는 않았다.

그건, 씨앗이 아닌 어둠의 근원이었다. 마신의 끔찍하고도 순수한 마기를 내뿜는 근원.

순수한 마기를 생산한다는 마왕의 인장마저도 저 씨앗과는 비교가 안 될 것이다. 백현은 천천히 씨앗을 향해 손을 뻗었다.

[하지 마.]

발렌시아가 즉시 경고했다. 그녀의 모든 말은 아이언메이드의 조언을 따르고 있었다.

[아무리 너라지만 저 힘은 다룰 수 없어. 마왕이라도 마찬가지야. 저걸 다룰 수 있는 건 계약의 당사자와 원래 주인인 마신뿐이야.]

"없애는 것도 안 될 것 같은데."

[당연하지. 마신의 씨앗을 뭐로 보는 거야? 분에 맞지 않는 필멸자에게도 세상 하나를 뒤집을 수 있을 만큼의 힘을 부여

하고, 끝내 마왕을 강림할 자격을 만들어주는 것이 마신의 씨앗이야. 저건 절대신격의 편린이라고.]

천의무봉으로 조율하거나, 아예 지워 버릴 수 있다면 일이 훨씬 편할 텐데. 그것까지 바라는 것은 너무 큰 욕심이었던 모양이다.

백현은 크게 숨을 내뱉어 호흡을 골랐다.

"할 수밖에 없나."

[……진짜 할 거야? 차라리 퓨어세인트와 싸우는 편이 나을 텐데.]

"말했잖아, 이길 수 없다고."

[그건 지금도 마찬가지 아닌가?]

발렌시아가 작은 목소리로 중얼거렸다. 백현은 피식 웃으면서 손을 들었다.

"그쪽도 단단히 화가 나 있을 거야. 직접 본 적은 없지만…….
여러모로 까칠하고, 자존심이 강해 보였거든."

[하지만 순순히 따라줄까.]

발렌시아가 중얼거렸다.

그것만큼은 백현도 잘 알 수가 없었다.

"날 싫어하는 것보다 퓨어세인트를 더 싫어해 주기를 바랄 수밖에."

백현은 그렇게 중얼거리며 양손을 펼쳐 들었다.

쥐어짠 혼돈이 흘러나온다. 이미 본 적이 있는 발렌시아는 가볍게 몸을 떨었다.

하지만 지금은 단순히 '보는 것'에 몰두할 수는 없었다. 그녀의 곁에서 아이언메이드가 즉시 공간을 새로이 해석하기 시작했다.

발렌시아는 아이언메이드의 의식이 자신에게 몰려오는 것을 보며 몸을 떨었다.

백현은 아이언메이드가 협조적으로 나서주는 것을 다행이라 여겼다.

사실 그로서도 어쩔 수 없는 일이리라. 퓨어세인트가 최종적인 승자가 되어버리면, 당장 불운을 피한 아이언메이드라 할지라도 휘말려 죽어버린다. 아이언메이드로서는 도박성이 짙다 할지라도 백현에게 걸 수밖에 없는 것이다.

[서, 성공, 한다면. 약속.]

"알아, 안다고. 해부는 안 되지만, 날 좀 파헤치게 해줄게."

백현은 건성으로 대답하고서 정신을 집중했다. 관측안과의 링크를 통해서 아이언메이드의 의식이 밀려들어 온다.

단순히 뒤엉켜 폭주시키는 것으로는 부족하다. 그것으로는 저 씨앗을 어찌할 수 없다. 파천을 펼친다고 해도 마신의 씨앗을 소멸시킬 수는 없다.

단지. 아주 작은 길을 여는 것이 목적일 뿐이다.

백현의 몸이 덜컥거리며 떨렸다. 쩍하고 벌어진 입을 억지로 다문다.

밀려들어 오는 정보가 백현이 이해할 수 있게 해석되었다. 그 정보대로, 백현은 천의무봉을 이끌었다.

흐름을 엮는 것에 확실한 목적을 담아서, 아이언메이드가 해석해 주는 대로 파천을 제한한다.

퓨어세인트가 개입해선 안 된다. 저 바깥에서는 마룡왕이 퓨어세인트를 가로막고 있고, 회복한 다른 신격들도 마룡왕과 함께 퓨어세인트를 막고 있다. 늦어서는 안 된다. 자칫하면 백현이 '교섭'하기 전에 퓨어세인트가 모든 것을 끝내 버린다.

[열린다.]

쫘드득!

백현의 양팔이 으깨어 터졌다. 힘주어 꼭 다문 이빨이 박살났다. 백현의 두 다리가 후들거리다 굽혀졌다.

파천은 폭발도, 붕괴도 일으키지 않았다. 이 세상에서 파천이 만들어낸 것은 아주 작은 구멍에 지나지 않았다.

그 구멍은 백현의 바로 위에 있었고.

거기서 뻗어져 나온 양손이, 백현의 손을 붙잡았다. 팔이 으깨지고 터져 나간 것은 잡은 양손에서 전해져 온 가공할 힘 때문이었다.

다리가 굽혀진 것은 저 힘이 받아내기에 너무나 무거웠기 때문이다. 잡은 양손은 희고 가녀렸지만, 그 힘은 명계에서 보았던 것처럼 터무니없을 정도로 끔찍했다.

뚜둑, 뚜두둑……!

백현의 뼈가 박살 나기 시작했다. 그는 굽힌 다리를 어떻게든 펴려 했지만, 백현이 할 수 있는 것은 전신이 압착기에 들어간 것처럼 으스러지지 않도록 뒤로 빼내는 것이 고작이었다.

백현의 몸이 뒤로 밀려날수록, 그의 손을 붙잡은 '손'이 끌려 나온다.

팔, 어깨, 그리고 머리.

길고 검은 머리카락은 마치 밤이 쏟아져 내리는 것만 같았다.

"무엄해."

소곤거리는 목소리.

"아주, 아주 무엄해. 모든 것이. 난 널 안다."

그 목소리는 칭얼거리는 소녀의 것 같기도 했고, 요염하고 성숙한 여인의 것 같기도 했다.

카랑카랑한 늙은 노파의 것 같기도 했다. 부드러운 중년 신사의 것 같기도 했다.

직면한 죽음에 체념한 병자의 것 같기도 했다. 개구쟁이 소년의 것 같기도 했다. 혈기왕성한 젊은 청년 같기도 했다.

살의뿐인 살인자의 것 같기도 했다. 회한뿐인 죄수의 것 같기도 했다. 순진무구한 아기의 것 같기도 했다.

17

젖을 물리는 어미의 모성애가 그곳에 있었고, 독선적인 폭군답기도 했으며, 우수에 찬 시인과 탐욕스러운 상인과 현자와 걸인과.

그런 만상이 목소리에, 그리고 눈동자에 담겨 있었다.

오색이 섞여 반짝거리는 눈은 서민식과 호센의 눈동자와 같은 만화경을 연상시켰으나 그 빛의 현란함은 그들과의 비교를 불허했다.

색이 다른 별로 가득 한 은하수가 저 눈동자 안에 담긴 것만 같았다.

"난 널 안다."

만상으로 가득 찬 목소리가 다시 한번 소곤거려왔다.

"네 이름을 안다. 네가 내게 실패를 주었음을 안다. 무도의 마왕이 네게 많이 다쳤지. 난 그를 제법 신뢰했다. 그는 내 신뢰를 보답할 수 있었지. 하지만 네가 개입한 덕에 보답하지 못했다. 결국, 사신(邪神)에게 윤회의 문을 빼앗겼다."

"사…… 신?"

아진을 말하는 걸까? 백현이 되물은 순간이었다.

쫘드득!

백현의 팔이 뿌리째 뽑혀 버렸다. 백현은 터지는 비명을 삼키며 입을 꾹 다물었다. 구멍에서 완전히 빠져나온 마신은, 사뿐거리는 걸음으로 어둠 속에 내려섰다.

"네가 사신의 사도라 생각했지만 아니었다. 넌 그저 그런 놈이었다. 지금도 마찬가지다."

마신은 고개를 들어 백현을 응시했다. 그녀의 양손에 잡혀 있던 팔이 흩어진다.

은하수를 담은 것 같은 시선이 백현에게 폭사했다. 그저 그런 놈이라고 했나?

정확한 평가였다. 그 시선만으로 백현의 입에서 피가 뿜어졌다.

"네가 왜 내가 올 수 있게끔 문을 열어주었는지는 모른다."

마신이 말했다.

"그 문이 내 본신으로 지나기에는 턱없이 좁다는 것. 그게 네 노림수였느냐. 작았지, 확실히 작았어. 하지만 충분했다. 그 문을 지나기 위해 일부만을 보냈으나, 그것으로도 충분히 널 죽일 수 있다."

아이언메이드, 발렌시아의 목소리는 더 이상 들리지 않는다.

마신의 일부가 강림한 순간, 아이언메이드는 즉시 관측안과의 링크를 끊어버렸다. 현명한 판단이었다.

"난 퓨어세인트에게 널 바치라고 말했다."

백현을 보는 마신의 눈이 가늘어진다.

퍼억!

백현의 어깨가 펑 하고 터져 버렸다.

"퓨어세인트는 그러겠노라 말했다. 하지만 넌 제물로 여기 온 것이 아니구나. 이곳에 온 건 네 의지였다."

퍼엉!

힘주어 버티고 선 백현의 다리가 터져 버렸다. 마신이 보기에는 백현이 저러고 서 있는 것이 굉장히 마음에 들지 않았던 모양이다.

"날 배신한 것 또한 퓨어세인트의 의지. 아주, 아주 마음에 안 들어. 마녀 따위가 마의 종주를 기만하다니."

"마음에 안 드신다니 참 다행……."

백현이 말한 순간이었다.

꽈득!

백현의 시야가 빙빙 돌았다. 그는 휘청거리는 몸을 붙잡으려 들었으나, 시야가 빙빙 돈 이유는 '몸'이 날아가서가 아니었다.

머리가 그냥, 몇 바퀴 돌아버린 것이다. 백현의 목은 꽈배기처럼 배배 꼬여서 끊어지기 직전이었다.

그렇게 만든 것은 마신의 '따귀'였다. 그녀는 친히 몸을 움직여, 백현의 따귀를 쳐버린 것이다.

"네가 말하는 것을 허락하지 않았다."

마신이 중얼거렸다.

"말하고 싶다면 허락을 구해라. 이곳은 마계가 아니지만, 내가 있는 한 어디든 나의 어전이다."

우두둑! 마신이 백현의 반대 뺨을 갈겼다. 백현의 머리가 다시 핑핑 돌았다. 백현은 급히 양손을 들어 머리가 회전하는 것을 멈추었다. 머리가 간신히 제 위치에서 멈췄다.

"자, 말해라."

마신은 백현을 노려보며 허락해 주었다.

"네가 왜 여기에 있는지. 무엇을 바라고 날 이곳에 오게 했는지."

"가……."

목소리가 잘 나오지 않았다. 백현은 몇 번 헛기침을 내뱉었다.

"가져가시라고 불렀……."

"날."

뻐억!

마신의 손이 백현의 턱을 때렸다. 턱이 통째로 날아가 버렸다.

"우습게 보는구나."

백현의 몸이 휘청거리며 뒤로 넘어졌다. 마신은 표정 하나 바꾸지 않고 백현을 내려다보았다.

과연 절대신격.

본신이 아닌 일부임에도 이만큼이나 강하다. 신격이 되고서 이런 무력감을 느낀 것은 처음이었다.

"가져가라고. 씨앗? 안다. 퓨어세인트가 뭘 하는지. 그 미천한 마녀가 뭘 바라는지. 넌 그 계집을 막고 싶지. 막기 위해 감히 날 사용하려 해."

"나쁜 제안은 아니……."

"의도가 불순하다."

마신이 말했다.

"그 누구도 나를 의도대로 사용할 수는 없다. 난 퓨어세인
트가 하고 싶은 대로 두마. 그 계집이 희망 끝에 절망하고 파
멸할 것이다. 내가 거두지 않아도."

백현의 몸이 붕 떠올랐다.

쩌아앙!

떠오른 몸이 다시 아래로 내리꽂힌다. 백현의 입이 쩍 벌어
졌다.

"그리고 널 받아가마. 넌 무엄했다. 날 실패하게 만들었다.
사신을 기쁘게 만들었다. 퓨어세인트가 널 바칠 예정이었지
만, 내 친히 널 직접 거두어가도록 하마."

"굳이……. 그럴 것까지……."

"내가 그리 하겠다 마음먹었다."

마신의 말이 백현의 말을 뚝 끊었다. 아까부터 계속, 마신은
백현이 끝까지 말하도록 내버려 두지 않고 있었다.

"널 거두고, 널 지옥의 밑바닥에 처박아 주마. 그 뒤에 널 어
찌해야 할지 고심해 보……."

"이런."

이번에는 백현이 마신의 말을 끊었다.

"씨……."

마신의 눈썹이 찡그려졌다. 그녀의 손이 백현을 향해 펼쳐졌다.

쫘드득!

백현의 몸이 붕 떠올랐다. 그건, 정말로 '뼈'와 '살'이 분리되는 광경을 만들었다. 피부를 뚫고 나온 전신 뼈가 뒤흔들렸고, 내장이 흩어졌다.

"발……."

하지만 죽지는 않았다. 분쇄된 뼈 위로 백현의 몸이 형성되었다.

너무 많이 참았다.

"새끼야!"

백현의 발이 공중을 박찼다.

"눈을 씻고 싶군."

마신은 눈을 찡그리며 중얼거렸다.

전신의 파괴 후, 재생해 덤벼드는 백현은 당연히 알몸이었다.

8장
저울

알몸이 낯부끄럽다? 그런 생각은 조금도 들지 않았다. 그럴 상대도 아니었거니와 연달은 마신의 타박에 솔직히 짜증과 분노도 일었다.

대화가 가능하다는 것이 다행이기는 했지만, 마신은 대화가 통하는 상대가 아니었다.

모든 마족의 어버이이자 마계의 지배자라고 하기에 명계에서의 일 따위는 웃어넘겨 주지 않을까 기대했는데, 아무래도 생각했던 것보다 명계에서 백현이 벌인 난동이 마신의 분노를 산 모양이었다.

"덤비는 것이냐?"

알몸으로 덤벼오는 백현을 보며 마신을 눈을 찡그렸다. 노골적으로 적의를 내비치고 몸을 날리는데도, 마신은 그렇게 물었다. 당연한 일이었다. 백현의 적의와 몸짓은 마신에게는 하찮았다.

"귀엽구나."

백현이 코앞까지 도달했을 때.

마신은 백현이 진짜로 덤비는 것임을 그제야 깨달았다. 그걸 깨닫고 나서야 마신은 피식거리며 웃었다.

"아주."

꽈앙!

쾌속한 공격이 백현의 시야를 팽그르 돌게 만들었다. 적중하고 나서 조금 늦게 느껴지는 고통, 시야의 회전을 겪고 나서야 '맞았다'는 것을 느꼈다.

어떤 공격이었지? 뒤흔들리는 뇌가 상황 파악에 나선다. 마신의 등 뒤에서 나타난 검고 투명한 손이 백현을 공격한 흉수였다.

"귀여워."

손 하나가 더. 방금의 공격이 너무 빨라서 미안하다는 것처럼. 그 손의 움직임은 느렸다.

하지만 피할 수 없었다. 내장이 모조리 터지는 기분이었다. 어쩌면 실제로 터졌을지도 모른다. 복부 정중앙에 꽂힌 공격이 백현의 몸을 날려 버렸다.

"내게 진심으로 덤비는 놈이 처음은 아니지."

마신은 성큼성큼 걸었다. 땅바닥에 처박힌 백현은 피를 퉤 뱉으며 벌떡 일어섰다.

"내가 숙청하기로 한 아이들은 모두가 진심으로 내게 덤볐었다. 아, 그래. 묻는 것이 늦었구나. 흑장미는 잘 지내더냐."

백현은 다시 한번 땅을 박찼다. 이번에는 단순히 달려드는 것이 아니라 즉시 질풍신뢰를 펼쳤다.

파바박!

백현의 몸이 시커먼 번개가 되어 공간을 관통했다.

"그건 이미 보았다."

마신이 심드렁한 표정으로 중얼거렸다. 딱 한 번이라지만. 무도의 마왕과 싸웠을 때, 질풍신뢰를 펼쳤었다. 가만히 선 마신의 등 뒤에서 나타난 손이 허공을 붙잡았다.

"컥!"

육체가 구성된 순간을 정확히 짚어냈다. 목을 꽉 붙드는 악력에 백현은 허공에서 버둥거렸다.

그런 백현을 한심하단 눈으로 쳐다보는 마신은, 가까운 곳에서 덜렁거리는 구렁이를 보고서 눈살을 찌푸렸다.

"야만스러운 놈."

마신은 그렇게 중얼거리면서 백현의 몸을 땅에 내리꽂았다. 부끄러움은 없었다. 그저 못 볼 것을 봤다는 불쾌가 전부였다.

"네 저항에 의미가 있다고 생각하느냐."

마신은 백현을 내려 보면서 물었다. 백현은 번쩍거리는 마신의 눈을 올려보며 이를 악물었다.

절대신격이 이렇게나 강했나? 탈각해 신격이 되었으니 아주 무력하지는 않을 것이라 생각했는데.

"없다. 넌 절대로 날 이길 수 없다. 명계에서 널 비호해 주던 사신이 네게 힘을 보탠다 하더라도 변하는 것은 없다. 명계에서의 상황은 아주 특수했다. 그런 상황이 아니고서야 그 꼬마가 날 이길 수 있을 리가 없지."

단순히 번쩍거리는 것이 아니다. 마신은 심안을 가지고 있다. 아고르라고 했던가? 검무회의 심안보다 훨씬 더 고차원적인 심안.

그것뿐만이 아니다. 마신은 다양한 마안을 가지고 있고, 그 하나하나가 한 세계를 지배할 만한 가공한 마안이라고 했다.

"쪼잔하게……!"

백현은 목소리를 쥐어짜며 내뱉었다.

"쪼잔해?"

"나이도 많이 처먹었으면서! 그깟 문 하나 뺏어갔다고……."

"윤회의 문이 우습냐?"

마신은 어이가 없다는 표정을 지으며 그렇게 물었다. 우습지는 않았다. 윤회의 문이 얼마나 큰 가치를 지니고 있는지는 아진에게도 들렸다.

"명계가 거기 하나만 있는 것도 아니고……."

"그렇지. 명계는 많아. 하지만 명계를 정복하는 것은 쉽지 않다. 마왕 하나를 움직이는 것에 얼마나 많은 인과율이 필요한지 아느냐."

마신은 눈을 가늘게 뜨고서 백현을 노려보았다.

"명계는 이미 정복했지만, 그곳에 있는 무도의 마왕을 다시 마계로 불러들여 다른 명계로 보내기 위해서는 못해도 수백 년이 필요하다. 너와 사신은 내게 수백 년의 짜증을 준 것이지. 사신은 죗값을 치르지 않으려 들 터이니, 네가 사신의 죗값마저 치르는 것은 당연하지 않으냐?"

뻐엉!

마신의 발이 백현을 걷어찼다. 백현은 의식이 아득해지는 것을 느끼며 허공을 날았다.

그러나 반격은 이미 준비했다. 백현은 날아가는 와중에도 마신을 향해 손가락을 튕겼다.

시커먼 혼돈이 어둠을 가로질렀다. 그것이 증식해 터지려는 순간, 마신이 눈썹을 찡그렸다.

꽈아아앙!

영롱한 빛이 겹겹이 겹쳐지고, 흩어졌다. 알록달록한 유리판 수십 장을 일격에 분쇄한 것처럼 빛의 먼지들이 흩어졌다.

그것이 끝이었다. 백현이 날린 혼돈은, 파천이 되기도 전에 사라져 버렸다.

"뭘 한 거야……?"

바닥을 나뒹군 백현은, 얼떨떨한 눈으로 마신을 보며 물었다.

"헤렐."

콰드드득!

마신의 등 뒤에서 쏘아진 손들이 백현의 팔다리를 붙잡았다.

"마안이다. 모르나?"

"그게 끝……?"

방금 그게 마안이었다고?

저 혼돈은 모든 신격들에게 치명적이다. 파천으로 엮어 터뜨리지 않았다지만, 단순히 혼돈을 뭉쳐 날리는 것만으로도 신격을 휩쓸어 버리기에는 충분하다.

그런 혼돈을 마신을 '쳐다보는 것'만으로 막아버린 것이다.

그게 끝이란다.

백현의 심안도 터무니없는 힘이기는 하지만, '보는 것'으로 끝은 아니다. 심안은 그저 잘 보게 해주는 눈일 뿐이다.

마신은 강하다.

직접 겪어볼 것도 없이 들었었다. 절대신격 중 가장 강한 것이 마신이라고 아진이 말했었다.

그 투신이라고 해도 마신과 정면에서 싸우게 된다면 필패할 것이라고.

"그래도 방금 공격은 제법 괜찮았다. 헤렐을 쓸 것도 없었지만. 네가 즐거운 것을 보여주었으니 나도 하나 보여줘야지 싶었다."

마신은 그렇게 말하면서 백현을 자신 쪽으로 끌어당겼다. 마신은 아직까지 적의를 꺼뜨리지 않은 백현의 눈을 보며 웃음을 터뜨렸다.

"시선은 매섭구나. 정했다. 널 지옥에 처박기 전, 우선 네 눈을 뽑아주마. 약속하마, 뽑은 눈은 결코 재생되지 않을 거야."

마신은 직접 손을 뻗어 백현의 얼굴을 어루만졌다. 길게 세운 손가락이 백현의 눈자위를 둥글게 훑었다. 마치 눈동자의 크기를 가늠하는 것 같았다.

"네 눈을 세공해 장식하던가, 아니면 장신구로 만들던가……. 흠. 마안으로 만드는 것도 좋겠다. 네가 지옥에서 충분히 절망하고 난 뒤, 널 건져내어 갈아버리고 뽑은 네 눈동자에 박아넣어주마. 제법 괜찮은 마안이 될 것 같아."

끔찍한 말이었다. 마안을 그런 식으로 만드는 건가? 백현은 붙잡힌 팔다리에 힘을 주었다.

하지만 팔다리를 붙잡고 있는 마신의 검은 손은 도저히 떨쳐낼 수가 없었다.

"……그렇게 만들기 전에 유언이라도 좀?"

백현은 마신을 노려보며 말했다. 그 매서운 시선과 말에 마신은 피식거리며 웃었다.

"유언을 말할 표정은 아니구나. 하지만 들어주마. 그 정도의 자비는 있다."

"중간에 안 끊는다고 약속⋯⋯."

이번에도 백현의 말이 끝나기도 전이었다. 마신은 눈을 얇게 뜨고서 백현을 노려보았다.

오장육부를 도려내는 것처럼 예리한 시선이었다.

"만족해?"

그래서 곧바로 본론으로 들어갔다. 대뜸 뱉은 말에 마신이 고개를 갸웃거렸다.

"무엇을?"

"지금 이거로 만족하냐고."

진즉에 했어야 할 말이다. 백현은 마신과 협상, 거래를 하러 온 것이지 힘으로 마신을 굴복시키기 위해 온 것은 아니었다. 마신은 조용히 백현을 응시했다.

꽈드득!

백현을 붙잡은 팔다리에 억센 힘이 들어갔다. 뼈가 으스러지는 통증 속에서도 백현은 표정 하나 바꾸지 않았다.

하지만 마신을 그런 백현의 부동을 기개라 여기지 않았다. 잡은 손에 힘을 준 것은 단순히 백현의 태도가 마음에 들지 않았기 때문이다.

"결국 당신은 뒤통수를 처맞은 거야."

"흠."

마신의 입꼬리가 올라갔다. 하지만 마신은 백현의 말을 끊지 않았다. 짜증을 담았던 눈이 둥글게 휘어졌다.

마신은 백현의 말을 '재밌다'라고 생각했다. 마계의 지배자가 바로 마신이다. 그런 마신에게 누가 저리도 무엄하게 굴 수 있을까.

"당신은 편하게 퓨어세인트를 써먹어 어비스와 지구를 받아먹으려 했지만, 결국 실패했어. 퓨어세인트는 역으로 당신을 이용해서 힘을 뽑아먹었지."

"맞다."

마신이 천천히 고개를 끄덕거렸다.

"결과적으로 그렇게 되었다. 그 마녀의 수작은 솔직히 감탄했다. 우연이란 놈의 도움을 많이 받기는 했지만, 무얼. 그것마저 이용해 날 속인 것은 솔직히 대단한 일이다."

"화나지?"

백현은 마신을 노려보았다. 마신이 웃음을 터뜨렸다.

"당연히 그렇다. 가능하다면 그 계집을 내 손으로 직접 찢어 죽이고 싶은 심정이다. 하지만 불가능하지. 이곳의 통로는 아주 좁다."

"……당신은 쭉 이곳에 있지 못해. 그렇지 않아?"

"네 말대로다. 이 작아빠진 세계는 내 일부나마 있게 하기는 너무나도 작구나. 하지만 널 죽이고, 네 혼을 가지고 돌아가기에는 충분한 시간이다."

마신은 그렇게 말하고서 입술을 비틀어 올렸다.

"설마 시간이 네 편이라고 말하고 싶은 것이냐. 지금 이렇게 떠들어대는 것이 시간을 끌기 위해서냐."

"내가 등신도 아니고, 그렇게 대놓고 시간을 끌 것 같아? 그리고 내가 애국가를 몇백 번 처불러도 여유롭게 남을 시간이야."

애국가가 뭐지?

마신은 순간 그런 생각을 했으나, 굳이 묻지는 않았다. 마신의 흥미는 저 하찮고 시건방진 놈이 과연 자신에게 '어떤' 거래를 제시할까에 몰려가기 시작했다.

놈이 거래를 원한다는 것은 처음부터 알고 있었다.

단지, 얌전히 들어주고 싶지 않았을 뿐이다.

"수지가 안 맞잖아."

백현은 마신을 노려보며 말했다.

"당신은 퓨어세인트에게 이용당했다. 그 굴욕을 갚아줄 수도 없지. 당신이 이곳에 개입할 수 있었던 것은……."

"네가 나를 불렀기 때문이지."

마신은 빙긋 웃었다.

"맞아, 난 당신을 강림시켰어. 그러니까……."

"널 계약자로 대우해 달라? 재미있는 말을 하는구나. 너 따위가 감히 마신을 사역하려 드느냐."

"그것까지는 바라지도 않아."

뿌드득!

팔다리가 뽑혀 나갔다. 몸뚱이만 남은 백현이 아래로 추락했고, 땅에 닿기 전에 우뚝 멈추었다.

"당신은 저 씨앗을 다시 가져가겠지?"

"그러지 않을 이유가 있느냐."

마신이 씨앗을 다시 가져간다는 것만으로도 소기의 목적은 달성되었다. 다만, 퓨어세인트의 전력이 아직 가늠되지 않는다.

마신이 씨앗을 거두어가면 지구의 망령수도 사라질 것이다. 하지만…… 그렇게 퓨어세인트가 그 정도로 약해졌다고 해서 과연 쉬운 상대인가?

일찍이 퓨어세인트는 흑장미여왕을 아주 손쉽게 제압했다고 했다. 게다가 망령수가 사라졌다고 해서 퓨어세인트가 지구의 신앙을 받아내지 않는 것은 아니다.

"내가 퓨어세인트를 죽이고, 당신에게 바치겠다."

그렇다고 해도 말할 수밖에 없다. 지금 백현의 목숨 줄은 마신에게 쥐어져 있다.

어쩌면 마신의 씨앗을 잃은 퓨어세인트가 마룡왕과 다른

신격들의 합공에 쓰러질지도 모르는 일. 사실 그것도 좋은 일이다.

백현의 목숨은 마신에게 공양되겠지만, 퓨어세인트는 쓰러진다.

그렇다고 생을 포기하지는 않았다.

"수지가 안 맞는다."

마신이 즐거운 미소를 지었다. 거래와 계약은 마족의 본질이라 할 수 있다. 수많은 인간이 악마와 마왕을 불러내고 거래를 바라여 계약을 맺는다.

악마와 마왕을 아득히 초월한 마신이었으나, 그렇다고 해서 마신이 거래와 계약을 싫어하는 것은 아니었다.

"네가 할 것도 없다. 퓨어세인트는 결국 파멸할 수밖에 없다. 그 어리석은 마녀는 혼돈의 근원으로 절대신격이 되고 싶은 모양이다만, 후후. 그것이 가능할지라도 망령수의 혼을 되살리는 것은 불가능한 일이지."

"절망할 뿐이야."

백현은 고개를 저었다.

"절망 뒤에 미쳐 버린다고 해도, 퓨어세인트는 죽지 않아. 당신은 그것으로 만족하나?"

"아니."

마신이 이를 드러내며 웃었다. 눈동자를 채운 빛들이 어지러이 뒤섞였다.

"만족하진 않는다. 소소한 즐거움은 되겠지만 만족은 되지 않아."

"그러니까, 내가, 당신을 대신해서 퓨어세인트를 죽여주겠어. 그리고 그 혼을 당신에게 바치겠다고."

"아이야."

마신이 백현을 향해 손짓했다. 백현의 몸이 확 하고 당겨져 마신에게 가까이 다가왔다.

"넌 너 자신이 얼마큼의 가치를 가지고 있다고 생각하느냐."

마신의 찬란한 눈이 백현을 응시했다.

"너는 내게 수백 년의 짜증을 주었다. 내가 손에 넣은 윤회의 문을 빼앗았다. 무도의 마왕에게도 치명적인 상처를 주었다. 가장 마음에 들지 않는 것은, 내 새로운 영지를 사신과 함께 추잡한 발로 더럽혔다는 것이다."

마신의 눈이 얇아졌다.

"내게 있어서 너의 가치란, 네가 저지른 '죄'다. 내가 널 얼마나 죽이고 싶으냐. 넌 지금 퓨어세인트를 바치는 대신 네 하찮은 목숨을 살려달라고 말하는구나. 퓨어세인트가 너 이상의 가치를 지니고 있을까?"

아니.

"하찮은 마녀가 날 우롱했다는 것은 짜증 날 일이지. 하지만 윤회의 문에 비할 데는 아니야. 그 계집이 쓰게 해준 씨앗은 내게는 하찮은 힘이다. 하지만 윤회의 문은. 그 문으로 할 수 있는 무궁무진한 것들. 내게서 그를 빼앗은 네게 자비를 베풀기에는 그 마녀의 목숨은 너무 하찮구나."

마신은 직접 손을 뻗어 백현의 목을 움켜쥐었다.

"넌 무엇을 더 줄 수 있느냐. 네 목숨의 가치를 대신할 만한 것. 날 즐겁게 할 수 있는 것을 말해보거라."

"욕심쟁이 같으니."

"바칠 만한 것이 떠오르지 않느냐. 그렇다면 어쩔 수 없구나. 거래는 끝이다. 널 거두는 것으로 만족하도록 하마."

"어비스."

백현은 짜증 섞인 목소리로 말했다.

그 말에 마신은 활짝 웃었다.

"이제야 저울이 맞는구나."

마신의 손이 백현의 목을 놓았다.

마신은 거래의 내용에 만족했다.

백현과의 거래가 성사되면서 마신은 퓨어세인트가 바치기로 한 것의 대부분을 받을 수 있게 되었다.

지구는 받지 못하게 되었지만, 그다지 탐이 나지도 않았다. 어비스를 받게 된다면 지구에 대한 욕심쯤은 흔쾌히 덜어줄 수 있었다. 거기에 퓨어세인트. 그 주제도 모르는 마녀의 목숨까지.

마신은 빙긋 웃으며 바닥에 널브러진 백현을 내려놓았다.

"네가 원하는 대로 되었군."

"……저만 그럴까요."

백현은 투덜거리면서 양손으로 바닥을 짚었다.

마신은 진즉에 백현을 죽일 수 있었다. 비록 본신의 일부만을 강림했다지만, 마신의 힘은 압도적이었다.

백현이 작정하고 덤빈다고 해도, 마신이 되돌아갈 때까지 버티는 것조차 할 수 없었을 것이다.

그만큼이나 강하고. 백현을 죽일 확실한 이유를 가지고 있음에도. 마신은 백현을 죽이지 않았다.

마신의 압도적인 힘은 백현을 장난감처럼 가지고 놀았으나, 완전히 망가뜨리지는 않았다.

"화풀이가 너무 거치십니다."

"이 정도로 끝난 것을 은혜로이 여겨라."

마신이 대답했다.

"네가 우둔하고 오만하게 굴었더라면, 말했던 대로 널 지옥에 처박고 두 눈을 뽑아버렸을 것이다."

그러나 말만 그렇게 했을 뿐, 마신은 정말 그렇게까지는 하지 않았다. 그만큼 퓨어세인트를 죽이고 싶어서? 아니, 마신이 거래에 응해준 것은, 퓨어세인트가 아닌 어비스 때문이다.

많은 마족과 마왕을 거느리고 있는 마신에게 어비스는 너무 큰 가치를 가진 신천지였다.

"거래의 내용은 만족스러우나, 조금 미심쩍기는 하다. 내 힘을 거두어가는 것만으로도 네가 정녕 퓨어세인트를 죽일 수 있을까."

마신은 백현을 내려다보며 물었다. 회복을 끝낸 백현은 바닥에 앉아 호흡을 골랐다.

"열심히 해봐야죠."

백현이 너스레를 떨며 대답하자, 마신은 피식 웃었다.

"네가 꽤 마음에 든다."

갑자기?

"사신과 모의하여 윤회의 문을 빼앗아 간 것은 괘씸한 일이지만, 너 정도의 배짱과 실력은 마왕 중에서도 흔하지 않다. 어떠냐. 네가 원한다면, 퓨어세인트를 우습게 여길 수 있는 힘을 '빌려주마.'"

"어떻게요?"

"아주 쉬운 일이지. 저걸 네 몸 안에 박아넣으면 된다."

마신은 공중에 떠 있는 씨앗을 눈짓으로 가리키며 말했다. 그 즉시 백현은 질색이라는 표정을 지었다.

"됐습니다. 나중에 어찌 될지 알고."

"마왕이 되겠지."

마신은 거짓 없이 대답했다.

"너는 훌륭한 마왕이 될 것이다. 난 널 안다. 네가 꽉 쥐고 있는 인간성의 너머에 충실하고 일관적인 광기가 있는지를 안다. 이 마신이 장담해 주마. 너는 그 무엇보다도 마왕으로 존재하는 것이 어울린다."

"그럴지도."

그 말에는 백현도 쓰게 웃으며 동감할 수밖에 없었다. 살령을 쓰고 마왕이 되었을 때. 그때의 전능감은 기억하고 있다. 하지만 마왕이 되어 느낄 즐거움은, 그깟 전능감이 아니다.

마구잡이로 날뛸 수 있다는 것이다. 마계에는 마왕이 득실거린다고 했다. 마왕은 아니어도 마왕에 준하는, 어쩌면 마왕보다 강한 마족들도 득실거린다.

마신이 절대신격 중 가장 강한 것은 본인의 힘도 그렇겠지만, 마신이 거느리고 있는 마족과 마왕들의 수가 다른 절대신격에 비할 수 없을 만큼 압도적이기 때문이다.

그중 하나가 된다면.

얼마나 즐거울까? 매일이 축제 같을 것이다. 도처에 싸울 수 있는 상대가 득실거린다. 타 차원을 침략하는 것도 자유로울 것이다.

"제안은 감사하지만, 거절할게요."

거절을 말하는 것은 솔직히 아쉬웠다. 하지만 마신은 거절에 대한 실망은 조금도 내비치지 않았다.

"계약."

마신이 소곤거렸다.

"네가 퓨어세인트와 어비스를 바치지 않는다면, 계약은 마땅한 대가를 너 자신에게 물을 것이다."

"그러겠죠."

퓨어세인트를 죽이지 못한다면. 백현의 영혼은 마신에게 바쳐질 것이다. 그 뒤에는 마신이 말했던 대로 지옥에 처박히던가, 아니면 자의와 상관없이 마왕이 될지도 모른다.

어느 쪽이든 죽음은 백현에게 안식이 되어주지 못할 것이다. 실패한다면 마신의 노리개가 될 뿐이다.

그것으로 좋다. 마신의 씨앗이 심어진다면 퓨어세인트를 압도할 힘을 손에 넣을지도 모르지만, 백현의 혼은 그 대가로 마신에게 바쳐질 것이다.

"내가 손해 볼 것은 없구나."

마신은 키득키득 웃으며 씨앗을 향해 손을 뻗었다.

"네가 퓨어세인트와 어비스를 바친다면. 난 그 계집에게 당한 모욕을 즐겁게 갚아줄 수 있을 뿐만이 아니라 광활한 어비스를 손에 넣게 된다. 네가 실패해 죽어버린다면…… 그것도 좋지. 널 가지고 놀다가 마왕으로 만들어 사용하면 되는 것이니까. 네가 마왕이 된다면, 전화(戰火)의 횃불을 든 침략의 선

봉이 될 것이다. 네게는 즐거운 계약으로 여겨지겠구나.”

마신은 백현을 안다고 했다. 그 말은 거짓이 아니었다. 마신은 백현의 본질을 꿰뚫어 보았다.

계약을 이행하지 못하는 것이 결코 백현에게 형벌이 되지 못한다는 것을 알았다.

그래서 더 탐이 났다. 마신은 어비스보다 백현을 거느리고 싶었다.

“……저기, 물어보고 싶은 것이 있는데.”

백현은 씨앗의 힘이 흩어져, 마신에게 흘러 들어가는 것을 보며 목소리를 냈다.

“당신은 남자인가요 여자인가요?”

“…….”

슬며시 건네는 질문에 마신은 어이가 없다는 표정을 지으며 백현을 쳐다보았다. 하지만 백현은 저것이 굉장히 거슬렸다.

겉으로 보이는 마신의 몸은 여리고 아름다웠으나, 가슴은 굴곡 없이 탄탄해 보였다.

“……둘 중 무엇도 아니고, 무엇이든 될 수 있다. 내게 성별은 아무 의미도 없다.”

“어…… 그것참 편하시겠네요.”

“무슨 의미로 하는 말이냐, 추잡한 놈.”

마신이 혀를 끌끌 차며 말했다.

"그리고 하나만 더⋯⋯."

"무엄하다는 생각은 하지 않는가?"

마신이 눈을 찡그렸다.

꽈드득!

시커먼 손이 백현의 머리를 몇 바퀴 돌려 버렸다. 시야가 핑핑 도는 것도 이제는 익숙했다.

백현은 비틀거리다가 자리에 주저앉아, 자신의 꽈배기처럼 돌아간 목과 머리를 원래 방향으로 돌렸다.

"아는 게 힘이라는 말도 있고. 대답해 주는 것이 어렵지는 않잖아요."

"그건 대답하는 내가 판단하는 것이다."

"그렇다면 일단 들어봐야겠네요. 퓨어세인트를 죽인다면, 프로아의 망령수는 어떻게 되는 거죠?"

백현은 즉시 물어보았다. 그 말에 마신은 눈을 깜박거리다가 웃음을 터뜨렸다.

"그들을 구원하고 싶으냐?"

"가능하다면 오지랖 정도는 떨어도 되겠다 싶어서요."

"이미 죽은 혼이다. 윤회의 법칙을 벗어나 오랜 흑마법에 묶여 버린 혼들. 주인인 마녀를 죽인다고 해서 저들은 구원되지 않는다. 윤회의 굴레로 돌아갈 수도 없다. 저들은 쭉 망령으로 남는다. 그래서 저 흑마법의 이름이 망령수인 것이다."

마신이 웃으며 말했다.

"자아는 진즉에 사라져 남지 않았다. 저들에게 허락된 것은 망령으로 떠돌다 소멸하는 것뿐이다. 절대신격이라고 해서 그런 망령을 어찌할 수는 없다."

"그럼 내버려 둬도 되겠네요."

백현은 오히려 후련하다는 표정을 지었다. 저 어마어마한 망령들을 일일이 구원한다는 것.

만약 가능하다면 굉장한 고생이 필요할 것이다. 저들에게 아무 의리도 갖지 않은 백현으로서는, 차라리 구원이 애초에 불가능하다는 확답을 듣는 것이 마음이 편했다.

"역시 넌 마왕에 잘 어울린다."

그런 백현의 진심을 느낀 마신이 즐거운 미소를 지었다. 더이상 씨앗은 남아 있지 않았다. 그 말은 즉, 이 세상이 소멸한다는 뜻이었다.

"아직 늦지 않았다. 네 혼을 담보로 해 새로운 씨앗을 빌려주마. 어떠냐? 그쪽이 여러모로 즐거울 텐데. 넌 잃는 것이 아니라 잠시 두고 갈 뿐이다."

무너지는 세계 속에서 마신이 웃으며 물었다.

"네가 중히 여기는 가치들. 네가 버리고 싶지 않은 인연들. 퓨어세인트를 죽이고 이 세상을 정리하면 그들도 평화로이 살수 있겠지. 뭘, 그 정도는 기다려 줄 수 있다. 유예는 충분히 주마."

마신의 눈이 별빛으로 반짝거린다. 그 속에서 단연 빛을 발하는 것은 탐욕이었다.

차원마저 탐하여 정복해 나가는 마신의 탐욕은 신격들의 탐욕에 비할 것이 아니었다.

"그 뒤에, 넌 마계로 오는 거다. 마왕이 되어 욕망껏 살아라. 두고 온 것들? 얼마든지 가지러 갈 수 있다. 지구는 아름답긴 해도 너무 작아서, 식민지로서의 가치는 낮다만…… . 네가 바란다면, 널 이 세계에 마왕으로 강림시켜 주마. 난 그편을 선호한다. 제대로 정복하고 지배하기 위해서는 그 차원의 출신을 쓰는 것이 편하다."

"됐습니다."

백현은 손을 휘휘 저으며 말했다. 마왕이 되어 지구에 다시 강림하는 것도 꽤 구미가 당기기는 했지만.

"서두를 것은 없지."

무너지는 세계의 한복판에서 마신이 손을 들어 올렸다. 그러자 뒤쪽이 쩍 갈라졌다.

그곳이 비추는 것은 '진짜' 마계의 풍경이었다. 곳곳에 솟아난 웅장한 성들. 득실거리는 마족과 마왕들. 그 모든 것이 빠르게 스쳐 지나가고, 이윽고 마신의 성이 보였다. 아니, 그건 성이라기보다는 탑으로 보였다.

17

그 탑은 마계의 그 어느 성보다 높았다.

그 탑에서, 백현은 마신이란 존재가 얼마나 흉악하고 거대한지 확실하게 전해 받을 수 있었다.

눈앞에서 자신을 농락했던 마신의 힘이, 정말 작은 일부에 지나지 않았다는 것도 확실히 느꼈다.

마신이 권한 모든 말보다, '진짜' 마신을 겪은 것이 백현에게는 훨씬 큰 유혹이었다.

"필요하다면…… '바라면 된다'. 그러면 응해주도록 하마."

마신은 그렇게 말하면서 천천히 뒤로 물러섰다. 백현의 눈이 열망으로 흔들리는 것이 마신으로 하여금 즐거운 미소를 짓게 만들었다.

"계약은 이미 성립되었다. 하지만……. 아직 네가 누구인지 제대로 듣지는 못했구나."

"이름도 안 듣고 계약이 되는 겁니까?"

"중요한 것은 의지지. 네 이름을 묻는 것은 내 작은 호기심이다. 그래서. 넌 누구냐."

"무신."

"헛소리가 건방지군."

마신은 피식 웃었다. 그것이 전부였다. 당연한 말이지만, 마신은 백현의 신명을 인정해 주지 않았다.

무신이라는 신명이 '왜' 오만한가. 그건 마신이 가장 잘 알고 있었다.

"코흘리개가 어른 흉내를 내느냐. 한참 부족하다."

마신이 이죽거렸고.

화악!

마신이 마계로 빨려 들어간다. 백현은 홀린 듯이 그것을 보다가, 양손으로 자신의 뺨을 후려쳤다.

"……넘어갈 뻔했다."

마왕이 되어 마계로 가고 싶다는 생각을 해버렸다.

백현은 식은땀을 흘리며 몸을 돌렸다. 마신이 남긴 이죽거림이 머릿속을 떠돌았다.

코흘리개가 어른 흉내를 내느냐고. 부정할 수 없는 말이었다. 무신을 자처한 백현의 힘은, 마신을 상대로는 어린아이처럼 작고 보잘것없었다.

하지만 뭐 어떤가. 무신을 자처했다고 하나, 백현은 자신이 정말로 '무'를 완성하고, 그 끝을 보았노라는 생각은 조금도 하지 않았다. 그는 여전히 무도를 걷고 있다.

마신의 강림과 동시에 축 처져 있던 관측안이 붕 떠올라 백현에게 다가온다. 백현은 관측안을 얄밉단 시선으로 쳐다보며 내뱉었다.

"도망치는 거 하나는 빠르더라."

[내가 도망친 게 아니야. 아이언메이드가 도망친 거지.]

발렌시아가 즉시 항변했다. 백현은 그 말을 흘러들으면서 몸을 돌렸다. 무너지는 세계에 남아 있다가는 차원의 틈에 갇혀 미아가 되어버린다. 아무리 신격이라고 해도 감당할 수 없는 일이다.

하지만. 탈출할 방법도 없이 무턱대고 들어온 것은 아니다. 백현은 발렌시아가 전해주는 공간의 해석대로 흐름을 조작했다.

'시간이 얼마나 걸렸지?'

마신이 화풀이를 해댄 덕에 시간이 꽤 흘러버렸다. 그래 봤자 30분이 채 되지 않지만.

설마 그사이에 퓨어세인트가 모든 것을 끝내 버렸을지도.

'그럴 리가.'

없지.

백현은 그런 생각을 하면서 문을 열었다.

문을 연 순간 가장 먼저 보인 것은, 부서져 흩날리는 붉은 꽃잎이었다.

'아냐.'

꽃잎이 아니다.

붉은 비늘이 피와 섞여 흩날리고 있었다.

"아아아아!"

굳어버린 시야로 그것을 보던 중, 소름 끼치는 비명이 백현의 정신을 흔들었다.

머리를 붙잡은 퓨어세인트가 얼굴을 일그러뜨리며 비명을
질러대고 있었다.

9장
인형 놀이

비명이 이어졌고 백현은 달렸다. 극한으로 몰린 집중력이 풍경을 느리게 만들었다. 흩날리는 붉은 비늘과 피는 여전히 꽃잎처럼 보였다. 그 모든 것이 느리게 보인다.

붉음 너머에서 휘청거리는 마룡왕의 모습이 보였다. 마룡왕의 상징 같던 길고 날카롭던 꼬리가 뜯겨 있었다. 나부끼는 비늘과 피는 으스러져 뜯긴 꼬리의 흔적이었다.

미끄러지듯 옆으로 움직인 마룡왕의 눈과 백현의 눈이 마주쳤다. 격하게 움직여 댄 탓인지 머리는 산발이 되어 있었고, 얼굴에도 핏물이 튀어 있었다.

백현은 평소보다 창백하고 피로해 보이는 마룡왕과 시선을 마주하며, 살짝 고개를 끄덕거렸다.

"생각보다 빨리 왔구려."

느려진 세계에서 마룡왕의 목소리가 똑똑히 들려왔다. 백현은 마룡왕의 몸을 스쳐 지나가며, 그녀의 어깨를 손으로 두드려 주었다.

"쉬고 있어."

소곤거리는 말에 마룡왕은 빙긋 웃었다.

쐐액!

고속으로 마룡왕의 몸을 스쳐 지나간 백현은, 머리를 부여잡고 비명을 지르고 있는 퓨어세인트에게 쇄도했다.

하지만 그가 노린 것은 퓨어세인트 본인이 아니었다.

퓨어세인트가 등진 망령수의 높은 곳에 사라가 있었다. 그녀는 휘둥그레 뜬 눈으로 백현을 쳐다보고 있었다.

그녀에게 상처는 없었다. 퓨어세인트는 사라를 상처 하나 없이 갖고 싶었던 모양이다.

하지만 꼴이 엉망인 것은 똑같았다. 사라에게 도달하는 짧은 시간 동안, 백현은 자신이 없는 동안 이곳에서 어떤 일들이 벌어졌는지.

마신의 씨앗을 소유했던 퓨어세인트가 얼마나 강했는지. 일어나 있는 결과들로 체감할 수 있었다.

마룡왕은 꼬리가 뜯겼고, 급소를 보호하는 비늘들 곳곳이 뭉개져 있었다.

악몽의 결정자는 소녀의 모습과 광기가 뒤섞여 일그러져 있었다. 스스로 통제가 버거울 만큼 광기에 침식된 것이다.

흑장미여왕은 엉망으로 박살 난 가시들 한가운데에 주저앉아 숨을 고르고 있었다.

무령은 얼굴의 절반과 양 주먹이 짓뭉개져 있었다. 비틀거리며 일어서던 무령이 백현을 보며 하나만 남은 눈을 끔벅거렸다.

신격들에 비해, 함께 따라온 사도들은 그나마 훨씬 처지가 나았다. 적어도 그들 중 장애가 될 만한 상처를 입은 자들은 한 명도 없었다.

무령을 부축하던 라이룽과 백현의 눈이 마주쳤다. 그 순간에, 라이룽은 이 절망적인 상황과 어울리지 않는 기분을 느꼈다.

아니, 이만큼이나 절망적인 상황이기에 그녀가 느낀 기분은 오히려 알맞았다.

신격 셋이 동시에 덤볐음에도 퓨어세인트를 죽이지 못했다. 몇 번이나 치명상은 입혔으나 퓨어세인트는 불사신처럼 죽지 않고 회복해서 날뛰었다.

사라가 개입해, 퓨어세인트의 공격을 맨몸으로 막아 나선 덕에 누구 하나 죽지 않을 수 있었다.

그만큼이나 퓨어세인트는 강하고 끔찍했다. 하지만 웬까. 단지 한 명 더 늘어났을 뿐인데 왠지, '이제 됐다'라는 생각이 들었다.

"굴욕이군."

무령이 큭큭 웃었다. 직접 말은 하지 않았어도, 무령 또한 라이 룽과 같은 기분을 느끼고 있었다. 말도 안 되는 기분이라고 생각은 했지만.

무신을 자처하는 저 힘을 철혈궁에서 직접 겪어봐서? 아니, 그것보다 더 이전의 놈이 처음 철혈궁에 쳐들어왔을 때. 그 누가 백현이 무령을 쓰러뜨릴 것이라 상상했을까.

파악!

백현의 손이 사라를 휘감은 넝쿨을 끊어냈다. 눈을 깜박거리며 백현을 보던 사라는 자신도 모르게 그만 웃어버렸다.

백현은 사라를 한번 꽉 안아주면서 말했다.

"괜찮아?"

"내가 제일 괜찮을걸."

"그래 보이기는 해."

백현은 피식 웃으면서 사라의 몸을 놓아주었다. 부드러운 힘이 사라의 몸을 뒤로 밀어냈다. 사라는 몸을 돌려 퓨어세인트를 내려 보는 백현의 등을 보다가.

아직까지 머리를 잡고 비명을 지르고 있는 퓨어세인트의 모습을 보았다. 몇 번이고 그랬다.

신격들에게 치명적인 공격들. 다수에게 압박되어 몰린 퓨어세인트가 기회를 포착해 시도한 반격도. 마구잡이로 내뿜어대는 공격도. 확실히 승기를 잡고서 끝을 내겠다는 심정으로 퍼부어대는 공격도.

적에게 발하는 퓨어세인트의 모든 살의는, 사라가 가로막은 순간 사라져 버렸다. 광적일 정도의 집착이었다.

결과적으로 사라는 상처 하나 입지 않았다. 신격들을 가로막아주느라 바쁘게 움직여대 지쳤을 뿐이다.

'뭐야…….'

워낙 정신없이 움직여 댄 탓에 제대로 생각도 제대로 이어나갈 수 없었다. 하지만 그 도중에 몇 번이고 퓨어세인트의 얼굴을 보았다.

번번이 공격을 가로막아 몸을 던져대니 화나 짜증이 날 법도 한데.

사라가 보았을 때, 퓨어세인트의 얼굴에는 단 한 번도 그런 감정이 실리지 않았다. 오히려 사라가 그렇게 해주는 것이 정말 즐겁다는 듯이 환한 미소를 지어대고 있었다.

그게 소름이 끼친다. 이해가 안 된다. 어떻게 그럴 수 있는 걸까. 그리고 이제 와서 비명을 지르는 이유는…….

"당신인가요?"

퓨어세인트의 비명이 뚝 멈췄다. 그녀는 홱 고개를 들어 백현을 쳐다보았다.

퓨어세인트를 향해 추락하던 백현은 그 시뻘건 눈동자에 담긴 광기와 증오에 오싹 소름이 돋는 것을 느꼈다.

"당신이 끝낸 건가요?"

끝내? 뭘? 아직 아무것도 끝나지 않았는데.

백현의 등 뒤에서 파천강기가 날개처럼 펼쳐졌다. 백현이 양팔을 아래로 떨치자, 등 뒤에 펼쳐진 파천강기가 폭우처럼 쏟아져 내렸다.

퓨어세인트의 손이 백현을 향해 뻗어졌다. 겨눈 손끝이 파들거리며 떨린다. 설마 지구의 망령수를 '끝냈다'고 말하는 걸까.

그렇다면 퓨어세인트의 분노는 당연한 것이다. 망령수의 근원인 씨앗은 마신이 거두어 가버렸고, 덕분에 망령수는 소멸했다.

그에 대한 상실감. 목적을 달성하기 직전에서 실패해 버렸다는 좌절감.

"당신이."

하지만 퓨어세인트의 분노는, 백현이 마신과 거래해서 씨앗을 소멸시켰다는 것 때문이 아니었다.

프로아의 망령수를 정화하기 위한 지구의 망령수가 소멸해 버린 것에 대한 상실과 좌절 때문도 아니었다.

"사라와의 놀이를 끝냈어."

퓨어세인트의 얼굴이 일그러졌다.

아주, 아주 즐거웠다. 도망 다니는 사라를 쫓는 것도. 진즉에 잡아버릴 수 있었으나, 잡지 않고 도망치게 내버려 둬서…….

사라가 '심술궂게' 해오는 방해에 곤란함을 느끼는 것도. 퓨어세인트에게는 그 모든 것이 술래잡기와 다를 것 없는 놀이였을 뿐이다.

그것을 더 오래 즐기지 못했다. 수백 년 만에 재회한 사라와 어렸을 때처럼 놀이를 하게 된 것이 즐거웠는데.

백현이 씨앗을 소멸시키고 돌아와 버린 탓에, 더 이상 사라와 놀이를 할 수 없게 되었다.

"……미친년."

퓨어세인트가 분노하는 이유를 깨달은 백현은 진심으로 질려 버렸다.

콰지직!

백현이 내리꽂은 폭우가 퓨어세인트의 손짓에 모조리 흩어졌다.

쫘앙!

이윽고 퓨어세인트가 땅을 박차 하늘로 치솟았다. 그녀는 두 눈을 광기와 살의로 번들거리며 백현을 향해 손을 뻗었다.

빠르다. 육탄전에 익숙하지 않을 것이라 생각했다. 오판이었다. 접근해 뻗어오는 손은 단순해 보임에도 상대할 방법이 퍼뜩 떠오르지 않았다.

그런 공격을 상대로 백현은 피하지도 막지도 않았다. 백현은 오른손을 마중하듯 뻗었다.

콰드득!

백현의 손과 퓨어세인트의 손이 얽혔다. 그 순간에 퓨어세인트의 신력이 백현을 향해 치달린다. 그것은 신력을 사용한 내가중수법 같았다.

내장이 뒤흔들린다. 그보다는 으깨지는 것 같았다.

단순히 닿은 것만으로도 이 정도. 터무니없이 거대한 힘이다. 바알을 해방한 혈사자도, 진심으로 살의를 내뿜던 마룡왕도 이 정도는 아니었다.

"왜 그런 겁니까."

퓨어세인트의 얼굴이 바짝 다가온다. 백현은 즉시 퓨어세인트와 엮인 손을 뒤로 빼냈다. 하지만 퓨어세인트는 손을 놓지 않았다.

'그럼 계속 잡고 있던지.'

백현은 미련 없이 오른팔을 뜯어버렸다. 고통은 순간이다. 재생은 그 안에 이뤄진다. 인간에게는 불가능한 공격법이지만 이제는 익숙했다. 애당초 지금의 백현은 인간도 아니었다.

"마신을 만났습니까."

화르륵!

백색의 성화(聖火)가 붙들고 있는 오른팔을 통째로 불태웠다. 퓨어세인트는 성큼거리며 백현에게 다가갔고. 백현은 다시 퓨어세인트를 향해 뛰어들었다.

백현의 양손이 '사라졌다'.

법칙을 벗어난 고속의 움직임은 신격의 눈으로도 쫓을 수 없다.

쫓을 필요가 없었다. 퓨어세인트의 등 뒤에서 빛의 날개가 움직였다. 그건 더 이상 날개라 할 수도 없었다. 무수히 많은 빛의 넝쿨. 기분 나쁠 정도로 꿈틀거리는 빛은 촉수처럼 보인다.

그 무더기의 촉수가 움직였다.

콰콰쾅!

빛이 난무했다. 고속의 타격이 연달아 촉수와 충돌했고 빛의 입자가 뿌려졌다.

"예상과는 조금 달랐습니다. 설마 마신이 당신의 손바닥 위에서 놀아날 줄이야. 주제도 모르고 권유하는 당신을 무엄하다 판단해 죽일 줄 알았건만."

"그만큼 네가 싫은가 보지."

"그렇겠죠. 하지만 다행입니다."

퓨어세인트의 얼굴이 일그러졌다.

쫘앙!

흩날리던 빛의 입자가 한 곳에 모이더니 포격이 되었다. 등 뒤의 공격, 맞기 전에 알았다.

백현은 즉시 질풍신뢰를 펼쳐 포격의 궤도에서 벗어났다. 퓨어세인트의 머리 위로 이동한 백현은 양손에 흑운을 들끓게 만들었다.

"마신이 씨앗만 거두어 간 것이라면 변하는 것은 없습니다."

퓨어세인트가 손가락을 까닥거리며 움직였다. 포격이 흩어졌다. 포격이었던 빛이 한 곳에 모여 회오리쳤다.

그건 퓨어세인트의 압도적인 신력이었고, 망령수에 바쳐진 망령들이 끌어안은 죽음 그 자체였다.

"만약 당신이 마신의 힘이라도 받아왔다면 조금 귀찮았겠지만"

퓨어세인트의 웃음은 여전히 일그러져 있었다.

"당신에게는 그런 각오가 부족했습니다."

우-우-우-우!

세계가 뒤흔들렸다. 망령수의 가지들이 춤을 추는 것처럼 흔들렸다. 끝없이 피어난 죽음들이 꽃봉오리가 되었다.

퓨어세인트는 천천히 몸을 뒤로 밀어 망령수를 향해 날아갔다.

"마신의 씨앗을 사라진다면 날 죽일 수 있을 것이라 생각했습니까."

약해지기는 했을 것이다.

하지만 약해졌음에도 퓨어세인트는 강했다. 하나의 세계를 완전히 멸망시켜 얻은 힘이다. 망령수가 소멸했다지만 지구의 신앙은 아직까지 퓨어세인트를 기원하고 있다.

"당신은 너무 오만합니다. 인간일 때도 그랬지만, 신격이 되고 나서도 그 오만함은 변하지 않았군요."

"뭐가 그리 즐겁지?"

그 질문에 퓨어세인트는 빙긋 웃었다.

빛이 어둠을 양분했다. 한순간에 일어난 망령수의 개화가 어마어마한 힘을 흩뿌렸고, 그 모든 것이 퓨어세인트의 지배 하에 있었다.

세계의 죽음이 백현을 덮쳐왔다.

"아뇨, 즐겁지 않습니다."

백현은 죽음을 피해 날았다. 연달아 펼친 질풍신뢰가 검은 번개를 흩뿌렸다. 순식간에 아득한 거리까지 멀어진 백현을 보며, 퓨어세인트는 키득거리며 웃었다.

그녀는 서두르지 않으면서 백현을 쫓아 나섰다. 거대한 망령수는 이 세계 전체에 뿌리를 내리고 있었다. 그런 망령수가 마치 그림자처럼 퓨어세인트의 뒤를 따른다.

"마신의 씨앗을 빼앗긴 것은 실책입니다. 설마 이곳에 없는 아이언메이드가 그런 식의 간섭을 해올 줄은 몰랐습니다."

그 죄는 반드시 물어야 한다. 이곳을 깔끔히 정리하고 난 뒤, 바깥의 신격들은 퓨어세인트에게 천국으로 인도될 것이다.

"실책. 네. 실책일 뿐이지요. 아쉽기는 하지만 대체할 것은 많습니다. 예를 들어 당신이라던가."

이 시커먼 세계는 끝이 보이지 않을 정도로 넓었다. 백현은 계속해서 날았다.

그는 퓨어세인트가 자신을 '도망치게' 두고 있다는 것을 알아챘다. 사냥감을 쫓는 사냥꾼의 기분을 만끽하고 싶은 것인지.

아니면 쫓기는 입장에서 초조함을 끌어내고 싶은 것인지.

'휘말리게 하고 싶지 않은 걸지도.'

퓨어세인트는 느긋하게 추격하면서도 공세를 늦추지 않는다. 직접 움직인 퓨어세인트는 사라와 다른 신격들과도 멀어졌다.

터무니없는, 하지만 오만하지 않은 자신감이다. 퓨어세인트는 저들에게 시간을 주어 회복한다고 해도, 다시 저들을 죽일 자신이 있는 것이다.

하지만 그 오만함은 백현에게는 뚜렷한 살의가 되었다. 그녀가 군이 백현을 쫓고, 사라가 '휘말리지' 않을 거리까지 도망치게 두는 것이 그 증거였다.

동시에 퓨어세인트는 백현이 사라를 방패막이로 쓰지 않을 것임을 확신하고 있었다.

"당신은 좋은 제물이 될 겁니다. 마신이 아닌 혼돈에 바칠 제물. 흑장미여왕을 사용했을 때는 실패했지만, 당신은 실패하지 않을 것 같군요. 이미 정제되어 있잖습니까?"

이 정도면 되었을까?

퓨어세인트는 사라의 위치를 확인했다. 이번에는 놀이가 아니다. 죽여야 끝나는 술래잡기에 사라를 개입시킬 수는 없었다. 다른 신격들과는 다르게, 퓨어세인트는 백현에 대한 명확한 살의를 가지고 있었다.

네가 아니야.

사라가 중얼거렸던 말은, 역겨운 오물처럼 퓨어세인트의 입 안에 남아 떠돌고 있었다.

아무래도 너무 오랫동안 사라와 함께 두었던 모양이다. 그 아이는 어렸을 때부터 외로움이 많았다.

자의가 아니었다고는 하나 '잠시' 방치해 두었던 것은 사실이니, 그 외로움 많은 아이가 삐져 버리는 것은 당연한 일이다.

외로움을 달래기 위해 곁에 둔 대체품에 아무래도 너무 정이 든 모양이다.

그렇다면 치워 버려야 한다. 그러면 모든 것이 제대로 될 것이다. 마신의 씨앗을 빼앗아서. 목적을 방해해서가 아니다.

퓨어세인트가 백현에게 지닌 살의는 그따위 것들과는 비교가 되지 않을 정도로 원초적이고 강렬했다.

'이 정도면 되었나.'

그리고 백현도 사라와의 거리를 보았다. 이 세계가 넓다는 것이. 퓨어세인트가 사라를 휘말리지 않게끔 굳이 따라와 준 것이 다행이었다.

사라뿐만이 아니다. 이 정도 거리가 있다면 다른 신격들도 휘말리지는 않을 것이다.

물론 계속 남아 있다면 휘말려 버리겠지만.

"너. 대체 목적이 뭐냐."

백현은 더 이상 도망치지 않고 몸을 빙글 돌렸다. 느긋하게 덮쳐오던 죽음들이 순간 멈칫했다.

퓨어세인트는 이상하단 표정을 지으며 고개를 갸웃거렸다.

"씨앗은 소멸했고, 망령수도 사라졌어. 프로아의 망령수를 정화할 방법은 없다고."

"그래서요?"

"역천자가 널 도와주겠다고 한 거냐? 그 새끼가 하는 말을 곧이곧대로 믿는 건……."

"뭔가 착각하시는군요."

퓨어세인트가 실소를 터뜨렸다.

"그에게 여러 가지 이야기를 듣기는 했지만, 그의 도움을 받을 생각은 없습니다. 추구하는 바가 다르거든요."

죽음이 다시 전진했다.

"망령수의 정화? 제가 언제 그딴 것을 바란다고 말했습니까?"

말하지 않았다.

망령수를 엿본 악몽의 결정자가 자신의 의견을 말한 것뿐이다.

"망령은 정화할 수 없습니다."

"……프로아를 되살리고 싶은 것 아니었어?"

"그건 정답이군요. 네, 저는 프로아를 되살릴 셈입니다. '똑같이' 말입니다. 설마······. 제가 망령을 정화하고, 그들을 되살려 프로아를 재건할 것이란 생각을 하신 건가요?"

고맙다는 생각이 들었다.

"그건 불가능해요. 마신이라도 그런 일은 할 수 없습니다. 목적······ 목적이라. 간단합니다. 제가 하고 싶은 건, 저 아이와 함께······ 멈추었던 '우리'의 과거를 다시 하고 싶은 것뿐이에요."

어느 의미에서, 그건 재건이라고도 할 수 있을 것이다. 하지만 본질이 다르다.

망령수의 혼들을 되살릴 생각은 없다. 단지 '똑같은' 세계를 만들 뿐이다. 토대만 갖춘다면 얼마든지 할 수 있다. 언데드로 채우든 인간의 의식을 뜯어고치든 간에.

백현은 퓨어세인트와 마찬가지고 실소를 터뜨렸다.

그리고 여전히 고마움을 느꼈다. 퓨어세인트가 자신이 저지른 멸망을 후회하지 않는 것에. 단지 자기 기분만을 우선한 사욕을 품고 있는 것이 고마웠다.

만약에라도 퓨어세인트가 멸망을 후회하고, 어떻게든 그것에 대해 속죄하기 위해 이런 미친 일들을 벌인 것이라면.

서민식의 얼굴이 뇌리를 스쳐 지나갔다.

'상관은 없었겠지.'

어차피 남 일이다.

그렇다지만, 단순한 기분의 문제다. 후회하고 속죄를 떠들어대는 놈을 쳐 죽이는 것보다. 개심의 여지가 없는 쓰레기를 죽이는 것이 훨씬 마음 편하지 않나.

　"나이가 몇인데 아직도 인형 놀이를 하려는 거야?"

　퓨어세인트의 말은, 백현에겐 그저 스케일이 무식하게 큰 인형 놀이로밖에 들리지 않았다.

　물론 퓨어세인트는 그리 단정 짓는 백현의 말이 불쾌했다. 멈추었던 죽음이 쾌속히 전진했다. 이제는 도망치게 두지 않겠다는 기세였다.

　마찬가지였다. 백현도 더 도망칠 생각은 없었다.

　도망칠 필요도 없었다.

　백현의 의식이 한 곳에 집중되었다.

　귀걸이가 검은색으로 반짝하고 빛났다.

　도주를 포기하고 덤벼든다. 뭔가 꿍꿍이가 있을 것이라고는 당연히 생각했다.

　퓨어세인트가 보는 백현은 오만하고 무식한 것처럼 보이면서도 전투에 관해서는 어설프지 않았다.

　이죽거리는 목소리와 표정에 좌절감은 없었다.

　백현의 노림수가 무엇인지는 정확히 알 수 없었다. 하지만 대단한 저항일 것이란 생각은 하지 않았다.

　"응?"

빛은 작았다. 백현을 덮치는 죽음에 비하자면 태양 앞의 반 딧불이라 생각될 만큼이나 작았다.

하지만, 꺼지거나 섞이지 않고 분명하게 존재하고 있었다.

'혼돈?'

백현이 몇 번이고 성역을 '붕괴'시키는 방법에 대해서는 퓨어 세인트도 알고 있었다.

그녀는 팔로워를 통해 역천자와 접촉했었고, 작금에 이르러 서는 협력 관계라 해도 좋을 우호 관계를 이어오고 있었다.

으레 그렇다. 공동의 적이 있다면, 서로가 마음에 들지 않아 도 교류하게 된다.

백현은 어비스의 이면에 존재하던 헌드레드의 성역을 통째 로 붕괴시켰고, 역천자는 그것이 어떻게 가능했는가도 확실히 보았다.

한계까지 응축시킨 혼돈의 근원을 성역의 안에 날린다. 신 격의 신화가 투영된 성역의 안에 발현한 혼돈의 근원은 거대 한 일그러짐을 만들고, 백현의 천의무봉은 그 날뛰는 흐름을 조작해 성역 자체를 파천으로 붕괴시킨다.

일반적인 신격에게는 분명 치명적인 공격이다. 하지만 퓨어 세인트는 결코 일반적인 신격이라 할 수 없었다.

그녀가 혼돈의 근원을 가장 먼저 발견한 것도. 혼돈의 근원 을 쭉 가지고 있을 수 있던 것도. 그녀의 본질이 결코 일반적이라 할 수 없었기 때문이다.

세계 하나를 통째로 멸망시키며 망령수를 근원으로 한 퓨어세인트의 신화와 신력은, 혼돈의 근원에 일그러지지 않을 정도로 강력했다.

백현의 노림수가 그것뿐이라면 퓨어세인트를 위협할 수는 없다. 백현이 손에 넣은 혼돈의 근원은 과거 퓨어세인트가 잠시나마 가지고 있던 '진짜'에 비하자면 코웃음이 나올 정도로 약소했다.

'……혼돈이…….'

뭔가 다르다.

화아악!

귀걸이에서 시작된 빛이 백현을 집어삼켰다. 그에 이어 주변을 집어삼킨다. 그것은 혼돈과는 전혀 다른 형태의 침식이었다. 그제 서야 퓨어세인트는 처음으로 당황했다.

빠지지직!

공간이 서로 엇물리기 시작했다. 존재하지 않고 존재해서는 안 될, 결코 섞이지 않을 백현과 퓨어세인트의 '신화'가 충돌하고 있었다.

백현을 덮쳐오던 죽음마저도 신화 간의 충돌에 간섭하지는 못했다.

"성역을 강림시킨다고?"

불가능한 일이다.

아무리 신격이라지만 성역은 쉽게 만들 수 있는 것이 아니다. 하물며 이곳은 퓨어세인트의 성역.

'천국'과는 다른, 프로아에서 마녀로 불리며 끔찍이 여겨지던 퓨어세인트의 성역이다.

일반적이지 않다는 것은 퓨어세인트만 해당되는 것이 아니다. 백현 역시, 다른 신격들과 비교가 안 될 정도로 이질적이다.

물론. 그렇다고 해도 다른 신격의 성역 안에서 자신의 성역을 강림시키는 것은 불가능하다.

하지만 백현이 일반적인 신격이 아니듯, 그의 성역 역시 일반적이지 않았다.

신격이 되고서 얼마 지나지 않았다. 다른 신격의 성역이 그러하듯, 공들여 성역을 만들 시간은 갖지 못했다.

만들 필요도 없었다. 백현은 이미 성역을 가지고 있었다.

'이동 성역.'

퓨어세인트는 급히 손을 들어 올렸다. 그녀의 등 뒤에 있던 촉수들이 일제히 백현을 향해 쏘아졌다. 하지만 이미 늦었다.

바알을 재료 삼아 아티펙트로 제련한 귀걸이다. 이 귀걸이는 이동 성역인 천공성의 핵, 아프라스와 링크되어 있다.

다른 신격들과는 다르게 백현이 바란다면 언제고 성역을 '강림'시킬 수 있다.

타 차원의 신격이라고 해도 불가능하지 않다. 백현의 성역인 도원(桃源)이 퓨어세인트의 성역을 침식해 온다.

단순한 성역이라면 문제될 것은 없겠지만.

백현의 본질. 탈각해 신격이 된 백현이 거느린 혼돈의 근원이 성역에 아주 진하게 깃들어 있다.

백현이라는 신격의 신화는 짧지만 거대하다. 인간일 때부터 신격을 사냥하고 충돌해 오며 쌓은 신화와 혼돈에서 태어나 어비스라는 거대한 혼돈계를 탄생시킨 심연의 왕좌의 신화.

성역과 성역이 충돌했다. 신화와 신화가 부딪쳐 튀었다. 그 너머에서 백현은 손을 들어 올렸다.

이쪽을 덮쳐오는 퓨어세인트의 공격은 성역의 충돌로 인한 파장을 아직 관통하지 못하고 있었다.

신격이라도 휘말릴 수밖에 없다. 서로 다른 신화의 충돌은 해당 신화의 주인이라고 해도 조율할 수 없다. 하지만 백현은 다르다.

그의 천의무봉은 이런 것마저 조율할 수 있었다.

거대한 파괴의 징조가 세상을 일그러뜨린다.

퓨어세인트가 아무리 강력하다고 해도. 그녀가 혼돈에 완전한 내성을 가진 것은 아니다.

만약 그런 것이라면 흑장미여왕에게 접근해 그녀를 제물 삼아 혼돈의 근원을 통제하려 들 필요도 없었다.

퓨어세인트는 그저, 다른 신격들보다 견고할 뿐이다. 다른 신격들처럼 쉽게 균열이 가지 않을 뿐이다.

하지만 아주 작은 균열만 만들어 버린다면.

빠지직!

세상에 자그마한 균열이 만들어졌다. 그것이 시작이었다. 균열은 쩍쩍 갈라지며 번지고, 틈새는 늘어난다.

그 너머에서 회색의 세상이 침식해 온다. 백현은 이를 드러내며 웃었다.

무모한 것은 인정했다.

하지만 무지(無智)하지는 않았다. 계략이라고 할 만큼 대단하진 않았으나, 과거 철혈궁이나 검령을 쫓았을 때처럼 광기만으로 뛰어들지는 않았다.

마신과 직접 만날 수 있다면. 그녀의 바람을 충족시켜 주는 식으로 거래가 가능하다고 생각했다.

타 신격의 성역 안에서 싸우게 될지라도 혼돈의 근원과 이동 성역을 활용한다면 역공, 아니, 확실하게 승기를 잡을 수 있다고 생각했다.

실제로 그렇게 되었다.

백현의 성역인 도원이 강림했다. 자그마한 균열은 어느새 크게 벌어져서 완전히 다른 신화의 침략을 허용했다.

검은 세상에 회색이 섞인다. 두 개가 되어버린 하늘이 하나의 공간에 공존했다.

작다.

그럴 수밖에 없었다. 아무리 백현이 신격이 되어 천공성이 진짜 이동 성역이 되었다고 해도. 백현의 신화는 퓨어세인트의 신화와 비해 얕다.

그러나 백현의 성역은 지워지지 않고 확실히 존재하고 있다. 그로 인한 일그러짐은 필연이었고, 신화의 충돌이 낳은 흐름이 파천이 되었다.

쫘아앙!

터져 나간 파천이 퓨어세인트를 덮쳤다. 당황은 끝났다. 이미 일어나 버린 일.

없었던 일로 할 수는 없다. 멈칫거렸던 촉수들이 일제히 앞으로 쏘아졌다. 파천의 위력을 상쇄하기 위해서였다.

동시에 퓨어세인트의 신력이 들끓었다. 침식되고 있는 성역이 반응하며 백현의 몸을 신력으로 휘감았다.

그 순간이었다. 도원의 풍경이 아지랑이처럼 흔들렸다.

'붕괴시키기는 아직 부족해.'

성역을 강림시키고, 혼돈을 터뜨렸는데도 퓨어세인트의 성역을 붕괴시키기에는 부족했다.

저 망령수 때문이다. 저 거대한 망령수가 성역에 깊이 뿌리를 내려 성역을 유지하고 있었다.

그렇다면 답은 간단했다. 백현은 연달아 파천을 터뜨리며 도원을 끌어당겼다.

그러면서 앞으로 나아갔다. 연쇄적으로 터지며 신화를 흩뜨리는 파천의 파괴에 백현은 직접 휘말렸다.

하지만 그의 몸은 파괴에 침범되지 않는다. 흩어지며 산화하는 신력과 신화가 백현의 몸을 휘감았다.

그의 몸을 집어삼킨 파천강기가 도원의 하늘과 같은 회색으로 물들었다.

'저게 뭐야?'

기껏 지워 버린 당혹감이 다시 피어오른다. 저런 식으로 성역과 신력을 활용하는 것은 처음 본다. 애당초 저것이 어떻게 가능하단 말인가? 오랜 신격이라고 해도 저런 식의 신력과 성역의 운용이 가능할 리가 없다.

'이동 성역……. 방법은 모르겠지만 내 성역에 강제적으로 침식시켰어. 거기에 성역을…….'

몸에 둘렀다.

뻐어어엉!

파괴가 흩어졌다. 백현은 그 모든 것을 발판삼아 퓨어세인트에게 쇄도했다. 퓨어세인트는 표정을 가다듬고 손을 뻗었다.

그녀의 눈앞에 거대한 빛의 방패가 만들어졌다. 성역으로 인도시키는 말브론이다.

애당초 지금 이곳이 성역의 안이니 말브론은 그저 단단한 방패일 뿐이지만.

그 견고함은 드레이브가 뽐내던 것과 격이 다르다.

거대한 방패가 퓨어세인트의 몸을 완전히 가린다. 백현은 공중에서 몸을 뒤집었다.

꽈지직!

양발로 걸어찬 말브론에 거대한 균열이 갔다. 타격의 순간에 퓨어세인트의 눈동자가 흔들렸다.

부서진다고? 퓨어세인트는 급히 뒤로 물러서며 말브론의 방어를 유지했다.

하지만 신력이 말브론의 균열을 메우는 것보다, 백현의 발이 말브론을 박살 내는 것이 더 빨랐다.

결국 부서지고 말았다. 말브론을 박살 내며 들어온 두 발이 퓨어세인트의 몸을 걸어찼다.

꽈앙!

커다란 폭음과 함께 퓨어세인트의 몸이 뒤로 날아갔다. 다른 신격들의 공격과는 다른 아찔한 통증이 퓨어세인트의 정신을 뒤흔들었다.

'성역을 몸에 둘러서……!'

신화를 정면으로 충돌시키고 있다. 이런 식으로 싸우는 신격은 단 한 명도 없었다.

퓨어세인트조차도 저런 식으로 신격과 성역을 운용할 수는 없다.

뒤로 날아가는 몸을 날개를 펼쳐 멈춘다. 그녀의 등 뒤에는 망령수가 있었다.

망령수의 망령들이 산화하며 신력이 되었다. 저건 마신의 힘이 아니다. 백현이 독자적으로 활용하고 있는, 그 자신의 신력이다.

설마 이 정도까지의 난적으로 성장할 줄이야.

신력이 성검이 되었다. 번쩍거리는 성광이 검격이 되어 난무했다. 백현은 정신을 아득한 경지까지 집중시키며 그 안으로 뛰어들었다.

의도한 충돌, 그로 인한 흐름의 어그러짐. 그것을 모조리 관조하고 천의무봉으로 지배한다. 그렇게 백현은 전진했다.

다가오고 있다. 퓨어세인트는 이 모든 것을 믿을 수가 없었다. 성역의 법칙. 신력의 크기. 그 모든 것이 지금의 백현을 압박하지 못하고 있었다.

이 성역 안에서 백현은 모든 법칙을 벗어나, 자기 자신의 법칙만을 휘감고 있었다.

성역과 신화를 통째로 몸에 두른 백현은 퓨어세인트의 성역에서 결코 지워지지 않는 이레귤러가 되었다.

성광의 난무가 터져 나가고, 백현의 몸이 튀어 오른다. 그는 양손에 가득 모인 파천강기를 투포환처럼 쏘아냈다.

벌떡 일어난 망령수의 뿌리가 퓨어세인트의 곁을 스치고 지나갔다. 파천강기가 뿌리와 충돌해 폭발했다.

폭발의 여파가 퓨어세인트의 눈을 조금 흐리게 만들었다. 그러나 찌푸린 눈매는 눈이 흐려졌기 때문은 아니었다. 방어로 사용한 뿌리가 조금이나마 혼돈에 침식되었다.

그건 역겨운 기분이었다. 하지만 다른 신격들을 몰아붙인 공격으론, 별개의 법칙을 몸에 두른 백현을 몰아붙일 수 없었다.

쿠르릉!

망령수가 뒤흔들렸다. 망령수의 기둥에서 튀어나온 무더기의 촉수가 퓨어세인트와 연결되었다. 그녀의 전신에 번진 문신이 끔찍할 정도로 불길한 빛을 발했다.

콰드드득!

언제나 고고히 등을 세우고 있던 퓨어세인트의 몸이 아래로 숙여졌다.

"난 당신이 싫어요."

증오가 속삭임이 되었다.

쫘앙!

퓨어세인트의 몸이 위로 튀어 올랐다. 망령수의 촉수가 뚝뚝 끊어졌다. 하지만 망령수의 힘은 틀림없이 퓨어세인트에게 깃들어 있었다.

"당신만 없었다면 전부 쉬웠을 텐데."

퓨어세인트의 손이 허공을 찢었다. 찢긴 공간에서 아득한 신력이 뿜어져 나왔다. 백현은 난무하는 신력의 속을 질풍신뢰로 가로질렀다.

그의 몸은 힘의 바깥에 있었으나 그의 의식은 모든 것의 중심에 있었다. 관조는 그를 세상의 중심에 서게 만들었다.

'부족해.'

질풍신뢰는 빠르다. 하지만 지금은 느리다. 퓨어세인트의 신력을 희롱하기 위해서는. 저 터무니없이 거대한 힘의 중심에 서기 위해서는, 힘이 쫓는 것보다 빨라야 한다.

지금보다 훨씬 더 빨라야 한다는 말이다. 바람과 갈망은 념(念)이 된다.

심(心)을 보내고.

기(氣)로 열고.

체(體)가 따른다.

그것이 질풍신뢰의 묘리.

느리다 생각한 적 없는 질풍신뢰를 느리게 여기게 되었다면, 백현의 무(武)가 저 법칙을 뛰어넘었다는 것이다.

그러니 더 빠르게.

심, 기, 체를 하나로. 앞서나간 무를 쫓으며.

마음을 보다, 더.

'무극도.'

명계에서 아진에게 빌렸던 권능. 이해는 하지 못했지만, 그 운용은 학습했다. 신격마저 초월한 절대의 개념을 체험했다.

그것을 덜어내고, 스스로의 무(武)로 시작한 최초의 시동(始動)은.

'발은 가볍게.'

맹목적인 일념이 백현을 가속시켰다. 그것에 더 이상 번개는 없었다. 발을 가볍게 뻗은 순간 그는 모든 장해를 뛰어넘어 세상의 중심에 섰다.

퓨어세인트가 이해하지도 못한 순간이었다.

이 짜릿한 쾌감이 좋다. 할 수 있을까? 해볼까? 했다.

과정을 거쳐 도달하게 되었을 때의 만족과 쾌감이 미칠 것처럼 좋다.

그러니 무(武)가 좋은 것이다.

백현은 허리를 비틀었다.

주먹은 이미 쥐었다. 근육은 최대한 당겼다. 마음은 '뻗는 것'이 아닌 '부수는 것'을 바라고 있다. 백현이 휘감은 법칙이 그것을 체현시킨다.

그렇게 뻗은 주먹은 신화를 으깨어 부술 만큼 무겁다.

퓨어세인트의 몸이 망령수에 처박혔다.

10장
안녕

모든 것이 아찔했다. 신화를 으깨어 부수기에 부족함 없는 일격은 퓨어세인트의 의식을 아득한 곳까지 날려 버렸다.

　통증이 입을 벌리게 하고, 비명을 지르게 만들었다.

　백현은 주먹을 멈추지 않았다. 있는 힘을 다해 내지른 주먹은 퓨어세인트에게 직접 닿지는 않았으나, 그녀의 몸을 휘감은 신력과 신화를 통째로 밀어붙였다.

　'의식…… 이…….'

　날아갔다가, 돌아왔다. 퓨어세인트는 두 눈에 빛을 켜며 얼굴을 일그러뜨렸다. 그녀는 재빠르게 백현의 수법을 파악하려 들었다.

　사실은 이미 알고 있었다. 파악하려 들 것도 없었다.

놈은 자신의 성역을 이 성역에 침식시켰다. 놈의 성역은 '백현'이라는 인간이 쌓아 올린 무(武)의 신화이자 혼돈의 신화였다. 그렇기에 지워지지 않는다.

퓨어세인트의 거대한 신화를 통째로 침식해 무너뜨리진 못했으나, 이 성역 안에서도 백현의 성역과 신화는 지워지지 않고 존재했다.

그것을 모조리 제 몸에 깃들게 만들었다. 천의무봉. 퓨어세인트는 그 이름을 알지 못했으나, 백현이 눈에 보이지 않는 힘의 흐름을 조작하는 재주가 있다는 것은 알고 있었다.

그 결과, 백현은 퓨어세인트의 성역에서 완전히 독립되었다. 놈에겐 성역의 강제적 법칙도 통하지 않는다.

백현이 통째로 몸에 두른 신화와 성역은, 백현의 의념을 법칙으로 바꾸고 있었다.

'불가능…….'

저게 정말 이제 막 신격이 된 풋내기란 말인가? 백현의 무가 뛰어나다는 것은 알고 있다.

그렇다지만 저런 일까지? 신격 중 저런 일이 가능한 존재는 어디에도 존재하지 않는다. 법칙을 주무르는 것은 신격의 영역을 아득히 뛰어넘은 일이다.

[재밌군.]

꽈드드득!

망령수 깊이 처박힌 퓨어세인트가 저항을 시도했다. 거대한 신력과 어둠이 백현을 덮친다. 그 모든 것을 관조했다.

　백현이 선 곳이 어디든 이제는 중요하지 않다. 그는 이 성역의 중심을 의식했고, 관조를 통해 백현은 이 세상의 중심에 있었다.

　쫘, 쫘, 쫭!

　연이어 터진 폭음, 유아하게 흐르는 손짓이 죽음을 흩뜨린다. 퓨어세인트가 날개를 활짝 폈다.

　[네가 날 갈망하기를 바랐다만. 그럴 일은 없겠다. 넌 내 생각보다 강하군.]

　백현의 머릿속에서 마신이 중얼거렸다. 퓨어세인트를 죽여 바친다는 계약이 백현과 마신 사이의 단말을 만들어놓았다.

　백현은 마신의 말에 대답하지 않고서 양 주먹을 들어 올리며 허리를 젖혔다.

　쫘지직!

　젖힌 상체를 앞으로 접으며 주먹을 내리찍었다. 들끓는 어둠을 회색의 번개가 가로질렀다.

　퓨어세인트는 날개를 펄럭이며 신력을 내뿜었다. 서로 다른 신화가 충돌해 엉킨다.

　[네가 지금 뭘 하고 있는지 알고 있나?]

　마신이 이죽거렸다. 백현은 허리를 비틀며 주먹을 던졌다. 그는 쭉, 똑같은 것을 바라고 있었다.

퓨어세인트를 죽이는 것. 그 뚜렷한 살의가 백현의 행동 모든 것에 깃든다.

[지금의 너는 너 자신의 모든 몸짓을 법칙과 개념으로 승화시키고 있다. 절대(絶對)의 수준까지는 아니지만……. 재밌군, 아주 재밌어. 대마왕들도 불가능한 것을 네가 해내는군.]

갈망의 모든 바닥에 무(武)가 있다. 자신이 이룩한 무에 대한 절대적 믿음이 있다.

스스로에 대한 넘치는 자애와 자신이 있다. 무가 백현을 수호했다면 백현은 무를 사랑했다.

무의 흐름마저 떨쳐낸 지금 그 사랑은 더욱 커졌다. 광적인 사랑과 갈망은 끝내 스스로를 무(武)로 정의하게 만들었다.

[네 본질은 투신과 닮았지만 조금은 다르구나. 놈은 투쟁에서 무조건적인 승리를 바란다. 하지만 네게 승패는 중요하지 않아.]

그저 싸움이 좋을 뿐이다. 무를 쌓고 뽐내고 겨루며 배우는 모든 것이 좋다. 백현의 발이 땅을 찍었다. 그의 발은 가벼움에서 무겁게 바뀌었고, 그 일보가 퓨어세인트의 날개를 모조리 억압했다. 그리고 뻗은 주먹은 빠르며 날카롭다. 일권이 무한의 섬전이 되었다. 내리꽂힌 빛들이 날개를 분쇄했다.

[투신뿐만이 아니라 사신과도 닮았군. 성역과 신화를 몸에 두른다는 조건으로 법칙을 만들어낸다는 것이 말이다. 사신보다 보잘 것은 없지만.]

사신은 절대신격이 아니면서도 절대신격에 준하는 힘을 가지고 있다. 그가 지배하는 세상에 국한되기는 하지만, 그 세계에서 사신은 그 어떤 절대신격보다도 절대신격답다. 그런 사신에 비해 백현의 싸움법은 마신이 보기엔 하찮기는 했지만.

[과연.]

그와는 별개로, 마신은 백현에게 즐거움을 느꼈다. 백현을 휘하에 두고 싶다는 마음은 보다 강렬해졌고, 그럴 수 없게 된다고 해도 꽤 넉넉한 호감을 가졌다.

마신은 백현의 본질을 안다. 백현 본인이 인정했듯, 그의 본질은 마왕과 마신이나 크게 다르지 않았다.

[그래서 무신인가.]

마신은 키득거리며 중얼거렸다. 가장 오래되고 위대하며 강한 절대신격. 대마계의 주인이자 전 차원에서 외경되는 마신이 그렇게 말했다. 그 순간.

'아.'

신격들에게 무신이란 신명을 인정받았을 때 느꼈던, 그렇게 크지 않은……. 굳이 말하자면 '충족감'이라고 할 만한 것이 몸 안을 가득 채웠다. 깊은 곳에서 부푸는 무언가가 이 몸을 뻥 하고 터뜨리는 것만 같았다.

하지만 실제로 터지는 일은 없다. 터질 것 같은 기분에 따라 백현의 몸이, 신력이, 신화가 더욱 커진다.

마신의 '진짜' 인정을 받은 신격이 얼마나 될까.

[영광으로 알거라.]

키득거리는 웃음소리가 아주 멀게 들렸다. 백현은 자신의 의식이, 바람이, 죽이고 싶다는 살의가. 대체 어디까지 나아가는지 스스로도 알 수 없었다.

퓨어세인트를 몰아붙이던 그는 어느새 찬란한 빛의 한가운데에 있었다. 그리고, 그 빛의 너머에 거대한 길이 있었다.

구불구불 이어진 길.

백현은 그 길을 알고 있었다. 한참 늦게 와버렸다는 생각도 들었다. 한 걸음 걸어 저 길의 끄트머리까지 닿을 수 있다는 것도 알았다. 떠나기 싫었던 곳. 쭉 있고 싶었던 곳.

창왕과, 취공과, 요희란과, 명공과, 우자와, 허주와, 아직 만나지 못한 많은 신선과, 스승인 마황과, 무신마와.

투신이 기다리는 길.

백현은 자신의 의식이 저 먼 곳을 향하고 있음을 알았다. 자신의 의식이 가리키는 길이 저 길이 아니라는 것도 알았다.

백현은 등을 돌리고 서 있는 모두를 보았다.

이 길은 실존하는 곳이 아니다. 선계에 사는 모든 신선이 스스로 나아가고 완성되고자 하는 향상심이 길로 표현되고 있을 뿐.

그 길의 끝에 선 투신은, 하나의 '완성'이다. 무(武)가 만들어내는 수많은 갈래 길의 하나.

투(鬪)의 완성.

백현은 잠시 동안 길을 보았다.

저 길을 걷는다면 즐거울 것이다. 그것은 틀림없다. 저 길에는 백현을 즐겁게 하는 것들이 가득하다.

무신마.

백현에게 처음으로 무가 무엇인지 알려준 그리운 스승님과도 재회할 수 있다.

볼기짝을 때리면서도 가르침을 베풀어준 마황과도 재회할 수 있고, 다른 모두와도 재회할 수 있다.

재회뿐인가? 그들과 쭉, 함께, 똑같은 길을 걸으면서 완성으로 향할 수 있을 것이다.

하지만 그 길의 끝에 서게 될 때. 그때의 백현은 틀림없이 완성되어 있겠지만.

최초가 될 수는 없다.

저 길의 끝에는 이미 투신이 서 있다. 저 길은 투신이 존재함으로서 열어버린 길이다.

무가 만들어내는 수많은 가능성 중 투쟁의 길이 투신의 완성과 함께 열린 것뿐이다.

백현은 고개를 돌렸다.

그의 의식이 향하는 곳. 무에 도달하는 수많은 길들 중, 아직 아무도 걷지 않은 길. 백현은 그 길을 보았다.

저 길은 험준하다. 투신이 갈고닦은 길과는 다르게, 저 길의 끝에는 아무도 존재하지 않는다. 저 길의 끝은 투신과는 전혀 다른 무와 닿는다. 하지만 결국은 무이며, 백현은 그 길을 지향(志向)하고 있었다. 그를 갈망했다.

난 이쪽이야.

백현은 한 걸음 걸었고, 그 걸음은 길의 험준함에 비할 수 없을 정도로 좁았다. 그 짧았던 걸음이 넓어진다.

멈추지 않고 이어나가는 걸음이 백현의 의식을 보다 넓고 크게 만들었다.

그리고 백현은 퓨어세인트를 보았다.

하나의 세계를 멸망시킨 마녀는 믿을 수 없다는 눈으로 백현을 보고 있었다. 무아의 상태에서 내리꽂은 연타는 퓨어세인트를 망령수 깊은 곳에 처박았다.

지금 그녀의 몸은 거대한 죽음 속에 도사린 뿌리 한가운데에 있었다.

갑작스레 백현의 신력이 부풀었다. 보잘것없던 신화가 위대해졌다. 그 이유는……. 모르겠다.

'대체 왜.'

이래서는 안 되었다. 운명은 퓨어세인트의 편이었다. 곧 성공이었는데. 대체 어디서부터 실패했던 걸까.

"몰라."

백현이 내뱉었다. 퓨어세인트가 크게 뜬 눈으로 백현을 올려본다. 백현의 눈은 찬란한 빛을 발하고 있었다.

그 눈이 퓨어세인트의 마음을 뒤흔들었다. 모든 것이 간파되는 것 같은 눈. 퓨어세인트는 헉 하고 숨을 삼키며 주변을 둘러보았다.

아무것도 없다. 망령수의 근원인 이 뿌리는 세계의 죽음이 도사린 곳이다. 이것이야말로 사교의 마녀라 불리던 퓨어세인트의 본질이다.

퓨어세인트라는 신명이 쌓은 신화의 원전이 바로 이곳에 있다.

"보."

퓨어세인트의 얼굴이 하얗게 질렸다.

"보지 마!"

커다란 비명과 함께 망령수의 뿌리가 백현을 덮쳐왔다. 세계 전체가 백현을 죽이려 들었다.

이 짙은 죽음 속에서도 백현의 몸은 빛나고 있었다. 그는 조용히 주먹을 들어 올렸다.

심안이 흐름을 본다. 이제는 그것을 넘어섰다. 백현의 심안은 더 이상 불완전하지 않았다.

과거 검무희와 공명했을 때, 그 이상의 '밝음'이 백현의 시야를 비추고 있었다.

"보지 말라고 해도 보이는걸."

신화의 한가운데에서, 그 흐름을 보고 있다. 퓨어세인트라는 신명이 거짓과 위선에 범벅되어 있다고 해도, 지금은 거짓이 통하지 않는다.

백현은 퓨어세인트의 가장 비밀스럽고 추악한 곳에 있었으며, 퓨어세인트가 보이고 싶지 않은 모든 것을 직접 보고 있었다.

"페레하."

백현은 조용히 그 이름을 불렀다. 휘감아오는 뿌리에 맞서듯 백현의 신력이 빛난다. 침식해 죽이려는 신화 속에서 백현의 신력이 빛을 발했다. 지금 이곳에서 백현은 새로운 신화를 쌓아 올리고 있었다.

"마녀."

그 신화가 박살 난다. 퓨어세인트는 계속해서 비명을 질렀다. 부서진 신화가 어둠을 찢으며 사방으로 흩어진다. 조각난 신화의 파편이 확실하게 보인다.

옅은 붉은 눈을 가진 소녀. 성녀의 후보로 교회에 길러졌을 때.

그녀는, 처음부터 마녀였다.

"넌 사라를 속였어."

사라뿐만이 아니다. 모두를 속였다. 먼 옛날, 세계수를 썩게 만든 마녀는 자신이 저지른 죄에 침식되어 육체를 잃었다.

망령이 되어 떠돌던 마녀는 자신을 담을 만한 그릇에 깃들었고, 그녀가 바로 페레하였다.

"기만했어."

누가 만약 신이 될 수 있는 방법을 알려준다면.

만약에라도 그 방법을 스스로 알게 된다면.

그럴 수 있는 능력을 갖추고 있다면.

거기서부터는, 하고자 하는 의지에 달려 있다.

'마녀'는 선택했다. 프로아를 지탱하는 세계수의 수호자였던 마녀는, 세계수를 썩게 만들어 스스로 신이 되기를 갈망했다.

그 죄업으로 육체를 잃게 될지라도, '소망'에 따라 부활할 수 있도록 준비했다.

사교의 성녀는 그렇게 태어났다. 긴 세월 동안 죽어가던 프로아는 드디어 죽음을 직면하게 되었고, 성녀 숭배자들의 소망과 마녀에 대한 증오가 성녀이자 마녀인 퓨어세인트를 재림시켰다.

작은 소녀의 몸에 깃든 페레하는, 재림에는 성공하였으나 완전한 각성까지는 시간이 필요했다.

"넌 사라가 교회와 마녀를 증오하고 있다는 것을 알았지."

백현은 뿌리를 손으로 붙잡았다. 그리고 힘을 주어 뿌리를 통째로 뽑아냈다.

뽑은 뿌리가 백현의 손에 터지며 신화가 흩어졌다. 그 속에서 백현은 많은 것을 보았다.

웅크린 사라를 보듬어주던 페레하.

마녀가 싫다며 우는 사라의 눈물을 닦아주며 달래주는 페레하.

사라와 페레하의 인연을 보았다. 거짓과 기만이 가득했다. 페레하는 자신이 마녀이면서도 사라를 달래주었다.

성녀 후보라 하여 어린 시절부터 불신자를 칼로 찌르는 사라를 안아주었다.

"왜 하필 사라였지?"

곁에 있었으니까.

대수롭지 않았다. 아직 각성하지 못한 어린 소녀의 몸. 교회는 제법 안전한 장소였다.

언젠가는 이단 사냥꾼들에게 발각되겠지만, 성장하지 못한 어린 몸으로 지내기에는 교회에서 성녀 후보로 지내는 것이 제격이었다. 자신이 마녀라고 말해봤자, 당장은 그것을 증명할 수도 없었다.

아름다운 아이였다. 반짝거리는 백금발과, 루비처럼 붉은 눈.

"넌 사라를 자신에게 의존하게 만들었다."

꽈지직!

백현의 발이 퓨어세인트를 찍었다. 퓨어세인트는 팔을 허우적거리며 백현의 목을 잡으려 들었다. 백현은 퓨어세인트의 손과 함께 그녀의 몸을 땅에 내리찍었고, 등 뒤에서 덮쳐오는 뿌리를 신력으로 가로막았다.

"사라의 몸이 죽어갈 때. 넌 사라를 버렸고, 사라가 너 없이는 살 수 없게 만들었다."

"하."

퓨어세인트가 양손으로 땅을 짚었다. 그녀는 원독에 찬 눈으로 백현을 노려보았다.

"그게 뭐가 잘못되었다는 거죠?"

퓨어세인트는 입에서 피를 뚝뚝 흘리며 몸을 일으켰다.

"난 그 아이가 좋았어요. 순수하고 귀여웠죠. 아름다웠고. 처음에는 애완동물을 기르는 기분이었지만, 그보다 더 몰두해 버렸어. 프로아 전체가 죽더라도, 그 아이는 내 사도로 삼아 살게 해야겠다고도 마음먹었어요."

퓨어세인트는 뿌득 이를 갈았다.

"난 그 아이를, 사라를 죽게 할 생각이 없었어요. 그 아이가 병들어 죽어갈 때. 그때의 나에게는 그 아이를 고칠 힘이 없었죠. 빌어먹게도 그 당시의 나는 아직 소녀였거든!"

버럭 지른 고함에 망령수의 뿌리가 일제히 일어섰다.

"잡스러운 것들이 사라를 버리자고 말했죠. 아무 도움도 안 되는 식충이라면서! 할 줄 아는 것이라고는 빵 한 조각에 다리 벌리는 것이 고작인 하찮은 것들이 누구보고 도움이 안 된다는 거야!"

그래서 죽였다. 모두.

"하지만 잘됐었어."

퓨어세인트의 얼굴이 고요하게 가라앉았다.

"그 아이가 나 없이 살 수 없게 만든다면. 머지않아 내가 마녀가 되었을 때, 정신을 건드릴 것 없이 날 받아들일 수 있게 할 테니까. 내게 완전히 의존해 버리면, 날 더 사랑할 수도 있겠지."

상상만으로도 즐거운 일이다. 퓨어세인트는 키득거리며 웃었다.

"머지않았어요. 정말 머지않았죠. 내가."

퓨어세인트가 성큼성큼 걸었다. 넘실거리는 뿌리가 무너져 거대한 힘이 되었다. 퓨어세인트는 망령수의 모든 힘을 부풀리며 백현을 노려보았다.

"무슨 기분이었을 것 같아요? 기껏 각성해서, 그 아이의 병을 낫게 해줄 수 있게 되었는데! 그 아이가 없어. 아무리 찾아봐도 없었어. 그래서."

체념해 버렸다.

그 순간에 프로아는 멸망했고, 망령수가 만들어졌다.

"왜 날 방해하는 거죠?"

퓨어세인트는 정말 이해할 수 없다는 투로 물었다.

"운명처럼 그 아이와 다시 만나게 되었어. 되살릴 것도 없이,

그 아이와 만나게 되어버린 거예요. 그 아이도 나와 만나는 것을 바랐겠지. 서로가 바라서 만난 거야. 그런데 왜? 당신이 뭐라고?"

"……잘 모르겠고."

백현은 눈살을 찡그리면서 손을 들었다.

푸확!

커다란 어둠이 백현의 손에 뭉쳐 회오리쳤다. 작은 혼돈의 근원을 백현의 거대한 신력이 휘감았다. 그것이 서로 얽히며 끔찍한 불길함을 발했다.

"네가 페레하라고 하니까 말이야."

퓨어세인트는 백현이 낳은 혼돈을 보며 순간 어깨를 움찔했으나, 이어지는 말에 눈을 빛냈다.

"널 죽여달래."

"닥쳐!"

퓨어세인트가 절규하듯 외쳤다.

파천이 모든 것을 집어삼켰다.

뿌리 깊은 곳에서 시작된 파괴가 퓨어세인트까지 집어삼켰다. 그 속에서 퓨어세인트는 발악처럼 날개를 펼쳤지만, 백현은 펼친 손을 움켜쥐는 것으로 퓨어세인트의 저항을 무의미하게 만들었다.

파괴는 뿌리에 국한되지 않았다. 불길처럼 번져 나가는 파괴가 뿌리의 위, 망령수마저 집어삼켰다.

"안 돼!"

퓨어세인트가 비명을 질렀다. 그녀는 파괴 속에서도 양팔을 펼쳐 허우적거리며 망령수를 올려보았다.

하지만 파괴는 멈추지 않았다. 검은 불길이 뿌리부터 기둥까지 깊고도 진한 상흔을 새겼다.

그리고 망령수가 갈라진다. 퓨어세인트의 몸뚱이가 크게 휘청거렸다. 그녀의 몸을 이루고 있던 신력이 흩어지기 시작했다.

신화의 근원인 망령수의 파괴가 퓨어세인트의 몸을 무너뜨리고 있었다.

"안 돼, 안 돼, 안 돼!"

퓨어세인트는 비명을 지르면서 신력을 붙잡았다. 머지않았었다. 더 이상 성녀 행세를 할 필요도 없었고, 혼돈의 근원을 손에 넣는 것도 코앞이었다.

거슬리는 신격들을 치워 버린 뒤, 백현을 죽인다면. 드디어 완전한 혼돈의 근원을 손에 넣을 수 있었다. 그 뒤에는 행복하고 평화롭게 살 수 있었을 것이다.

사라를 사도로 삼아서, 예전 페레하로 살았던 평화롭고 행복했던 잠깐을 영원히 이어갈 수 있었을 것이다.

"대체 왜……!"

신력은 계속해서 흩어지고 있다. 퓨어세인트의 어마어마한 크기의 신력이 빠른 속도로 줄어들고 있었다.

프로아를 멸망시키면서 얻은 악신으로서의 신화가 무너진다.

그럼에도 퓨어세인트는 소멸하지 않았다. 그녀라는 신격을 이룬 신화가 프로아의 마녀뿐만이 아니었기 때문이다.

성녀로 불리던 신화와 지구에서 얻은 신앙이 퓨어세인트의 존재를 지탱하고 있었다.

"내가, 내가 얼마나 그것을 바랐는지 알기나 해……?"

그 신화와 신력은 마녀의 것과는 비교가 안 될 정도로 약하다. 하지만 지금의 퓨어세인트는 그런 것을 신경 쓸 수가 없었다.

애당초 지금 퓨어세인트에게 승산은 없었다. 백현이 성역을 몸에 두르고 마신의 인정마저 얻어낸 순간.

퓨어세인트의 신화와 압도적 크기의 신력은 백현을 상대로 우위에 서지 못하게 되었다.

"너 따위가!"

더 이상 퓨어세인트에게 여유는 없었다. 그녀는 독기와 증오만을 담아 외치면서 백현에게 달려들었다.

망령수가 무너져 내리는 것을 보던 백현은 시선을 내려 퓨어세인트를 보았다.

"그건 네 바람이지."

백현은 심드렁한 목소리로 투덜거리면서 발을 뻗었다. 포기하지 않고 덤비는 퓨어세인트의 근성은 꽤 즐거웠다.

하지만 퓨어세인트 자체는 즐겁지 않다. 그녀의 신화를 보았기에, 백현은 퓨어세인트의 본질을 이해했다. 세계수를 수호하던 마법사.

사욕에 빠져 스스로 세계수를 썩게 만들어 마녀가 되었고, 프로아를 멸망시켰다.

사라에 대한 집착은.

저버린 인간성의 잔재였다. 죄의식이라 할 수도 있었다. 기대어 위로받고 싶은 존재이기도 했다.

세계 하나를 죽이기로 마음먹고 실행한 순간, 퓨어세인트라 불리기 이전에 존재했던 한 명의 마법사이자 인간은 더 이상 인간이 아니게 되었다.

자신에게 그만한 크기의 죄와 책임을 짊어지게 하면서, 마법사는 증오의 대상인 마녀가 되었고 세계를 정화하는 성녀가 되었으며, 그렇게 신이 되었다.

박살 나버린 인간성은 조금은 남았다. 죄책감…… 괜찮다, 아무 잘못도 하지 않았다. 누군가에게 그런 인정을 듣고 싶었다.

그렇게 선택된 대상이 사라였을 뿐이다. 페레하로 태어난 어린 시절부터 쭉 함께 있었다.

성녀 후보라는 배경도 똑같았다. 어린 심성은 보듬기 좋았다. 떠도는 강아지나 고양이에게 먹이를 주거나, 노숙자에게 동전을 던져주거나 할 때.

선행을 했다는 기분을 느끼곤 한다. 퓨어세인트가 사라를 대하는 것은 결국 저버린 인간성에 대한 집착이었다.

완전히 버리지 못한 것을 놓치지 않고 꽉 쥐고 있다.

'아.'

왜 즐겁지 않은지 알았다.

그리 다를 것이 없었기 때문이다. 어떤 식으로든 인간이 인간이 아니게 되었을 때.

그렇게 되어버리면서 놓고, 버려 버린 인간성을 붙들게 된다. 한때 필요 없다고 생각해 버린 것을 붙잡게 된다.

[불완전하기 때문이다.]

마신이 이죽거렸다.

[너도 다를 것 없지. 악몽의 결정자. 그 계집도 마찬가지였다. 불완전하고 약한 인간을 초월해 버리면서도, 결국은 불완전해. 신격이 되고 난 후에도 불완전함이 남는다. 애당초 인간은 초월종과는 달리 많은 것이 결여되어 있다.]

퓨어세인트는 아까처럼 빠르지 않았다. 아까처럼 강하지도 않았다. 백현이 아까보다 강해진 탓이기도 했고, 퓨어세인트가 아까보다 약해진 탓이기도 했다.

[추하구나. 어쩔 셈이냐. 마녀에게 동질감을 느꼈지? 너와 크게 다르지 않다고 생각했지. 인간성에 대한 집착은 인간을 초월한 놈들의 고질병이다. 투신과 사신도 마찬가지였다.]

마신의 소곤거림을 들으면서.

백현은 착실하게 해야 할 일을 했다. 악을 쓰며, 도저히 자신의 패배를 인정하지 않는 퓨어세인트를 차근차근 부숴나갔다.

가장 먼저 부서진 것은 뻗어대는 주먹이었다. 마주 부딪쳐 분쇄했다. 신력이 무너진 탓에 퓨어세인트의 재생력은 아까처럼 빠르지 않았다.

주먹이 재생되기 전에 팔뚝까지 분쇄했고, 반대쪽 팔은 뽑았다.

[인간이 아니게 되었으면서도 인간이었을 때를 생각한다. 인간이 아니게 된 자신을 완전히 받아들이지 못한다. 인간성이 완전히 소멸했을 때, 자신이 알고 있는 자신이 아니게 될 것을 두려워한다.]

악몽의 결정자도 그런 말을 했었다.

악신(惡神)을 예로 들면서.

[쓸데없는 걱정이다. 변하긴 하겠지. 인식이 완전히 뒤바뀌는 식으로 말이야. 그렇게 되면 그 전의 미혹은 하찮다고 여길 텐데.]

'잘 아시는 것 같네요.'

[난 마신이다. 셀 수 없이 많은 인간의 탐욕을 보았고, 그분에 맞지 않은 탐욕을 이룰 수 있는 힘을 계약으로 건네 주어왔다. 타락과 파멸은 질리도록 보았다. 끝내 인간성을 놓지 못한

놈들은 대부분 파멸했다. 그런 놈들은 탐욕을 이루기 위해 저지른 죄에 짓눌려 버린다. 하지만 인간성을 완전히 버린 놈은.]

백현은 퓨어세인트의 일그러진 얼굴을 보았다. 점점 그 얼굴에 절망이 어린다. 그것을 보면서.

[아주, 멋지지. 난 그런 인간을 좋아한다. 인간이었으면서 완전히 인간이 아니게 된 놈을 좋아한다. 그런 존재에겐 경의도 줄 수 있다. 종의 우월함을 따지자면 인간은 하찮지. 하지만 인간이 아니게 되었을 때는 놀라울 정도로 우월해지더군. 마치 인간이라는 것 자체가 족쇄였다는 듯 말이다.]

백현은 자신이 퓨어세인트에게 품은 동질감이, 이 행위를 이어감에 있어서 아무런 걸림돌이 되지 않음을 자각했다.

분명히 그와 퓨어세인트는 닮았다. 악몽의 결정자도 마찬가지일 터다. 한때 인간이었던 그들은, 인간이었을 때 지녔던 것을 완전히 버리지 못하고 집착하고 있다.

[넌 재미있다.]

꽈직!

백현의 발이 퓨어세인트의 등을 내리찍었다. 퓨어세인트는 상체를 뒤로 젖히며 비명을 질렀다.

백현은 무심한 눈으로 버둥거리는 퓨어세인트의 양팔을 붙잡았다. 발에 힘을 주며, 꽉, 아래로 누르면서. 퓨어세인트의 양팔을 천천히 뽑았다.

[투신과 사신이 '완성'되는 모습은 보지 못했지만. 이번에는 볼 수 있을 것 같다. 아주 즐거워. 도저히 버리지 못하는 집착은 나약해. 하지만 그걸 간신히 붙들고 있는 것은 강한가. 과연.]

백현은 마신이 진심으로 웃고 있는 것을 느꼈다.

[인간을 조금 이해했다.]

그리고 백현도 퓨어세인트를 이해했다.

동질감에서 비롯된 이해. 하지만 동정심은 되지 않는다. 퓨어세인트의 행동에 납득하지도 않는다. 아무렇지도 않다.

퓨어세인트의 행동을 증오하지도 않는다. 그녀를 지독한 존재라고 생각하지만, 뭐 어쩌라는 건가.

자기 일도 아니다. 퓨어세인트가 세계를 멸망시킨 것이나, 템페스트가 도시를 괴멸시킨 것이나, 악몽의 결정자가 흑마법의 여왕으로 불리기까지 얼마나 많은 죽음을 집행했건, 재생의 뱀이 인신공양을 받아가건, 사라가 살아남기 위해 칼을 휘둘렀건.

백현과는 하등 관계없는 일이다.

[그렇다면 왜 저 마녀를 죽이는 거냐.]

거슬리기 때문이다.

대부분 그랬다. 백현의 적들은, 따로 '무슨 짓'을 해서 백현에게 죽은 것이 아니다. 백현을 거슬리게 만들었다.

무령은 서민식을 운운하며 백현을 화나게 만들었다. 천존은 숨어서 백현을 공격했다. 카르파고는 사사건건 백현에게 시비를 걸었다.

혈사자는 백현을 죽이려 들었다. 헌드레드도 마찬가지다. 역천자? 놈도 몇 번이나 백현을 짜증 나게 했다.

퓨어세인트도 마찬가지다.

발로 걷어찬 퓨어세인트의 몸이 데굴데굴 구르다 멈췄다. 그녀는 피를 토하며 엉금엉금 기었다.

재생이 잘되지 않은 팔뚝을 열심히 움직이면서. 어떻게든 일어서려고 했다.

망령수는 이미 무너졌다. 얼마 남지 않은 신력마저 흩어지고 있다. 신화도……. 박살 났다. 하지만 아직이다.

퓨어세인트는 어떻게든 일어서려다가 멈춰 버렸다.

두 발이 보였다. 거기서 천천히 시선을 든다. 자신을 내려 보는 사라의 얼굴이 보였다.

하얗게 질린 얼굴. 퓨어세인트는 자신도 모르게 입술을 벌렸다.

"사라."

퓨어세인트는 떨리는 목소리로 사라의 이름을 불렀다.

"사라 프로스트."

한 번 더 불렀다. 퓨어세인트에게 다가가던 백현의 걸음이 멈췄다. 사라는 아무런 말도 하지 않고 퓨어세인트를 내려다보았다.

흩어졌던 퓨어세인트의 신화는, 모두가 보았다. 사라도 퓨어세인트의 신화, 그녀의 과거와 진실을 보았다.

그녀가 페레하였고, 처음부터 마녀라는 것을 알았다. 자신을 대하는 모든 것이 거짓과 기만이며, 일그러진 애정이라는 것을 알았다.

"……페레하."

"그래."

사라가 중얼거렸고, 퓨어세인트는 환한 웃음을 지으며 고개를 끄덕거렸다. 피범벅인 얼굴임에도 그 미소는 찬란했다.

죽어가고 있다는 상황은 전혀 바뀌지 않았으나, 퓨어세인트는 사라에게 저렇게 불렸다는 것만으로 행복감을 느꼈다.

"나야, 사라."

퓨어세인트가 몸을 일으켰다. 그녀는 비틀거리며 사라에게 다가갔다. 백현은 그것을 제지하기 위해 움직이려 했으나, 그 순간에 사라와 시선이 마주쳤다.

사라는 천천히 고개를 저으며 백현이 나서려 하는 것을 가로막았다. 그리곤 스스로 퓨어세인트에게 다가갔다.

"……보고 싶었어."

사라는 작은 목소리로 중얼거렸다. 그 말은 거짓이 아니었다. 페레하에게 버림받았다고 생각했다.

아니었다. 확실히 의존하게끔 만들기 위해 일정한 주기로 찾아오기는 했어도. 페레하는 단 한 번도, 사라를 버리지 않았다.

하지만 그렇다고 해서. 페레하가 자신을 버린 적이 없고, 자신을 쭉 사랑해 주었다고 해서.

그녀를 용서할 수 있을까.

사라에게 있어서 프로아의 생활은 끔찍했다. 교회에서의 생활도, 교회를 나온 뒤의 생활도. 모두가 끔찍했다. 굶주림은 일상이었다. 살기 위해서는 뭐든지 해야 했다.

그런 생활에서 유일하게 행복했던 것이 페레하와의 추억이었다. 하지만 정작 프로아를 그딴 곳으로 만든 것이 페레하였다.

굶주림이 일상이었던 것은 프로아가 죽어가고 있기 때문이었다. 프로아가 평범한 세상이었더라면 그곳에서의 생활도 끔찍하지 않았을 텐데.

"나도 보고 싶었어."

퓨어세인트는 열망을 담은 눈으로 사라를 응시했다. 넌지시 뻗은 손이 사라의 뺨과 닿았다.

솔직히 시선을 피하고 싶었다. 페레하는 사랑한다. 하지만 마녀는 싫다. 프로아에서 살았었으니 당연한 것이다.

"그러니까 함께 돌아가자."

사라는 퓨어세인트의 몸이 재가 되어 흩어지는 것을 보았다. 강대한 신력은 모조리 소멸되었고, 지금 그녀의 몸은 지구의 신앙만으로 유지되고 있다.

죽어가고 있음은 변하지 않는다. 프로아의 마녀라는 그릇이 박살 난 이상, 신앙은 담기지 않고 흩어질 뿐이다.

"함께 돌아갈 수 있어. 그때 그 시절로. 네가 날 의지하고……."

뺨을 어루만지던 손이 아래로 내려온다. 퓨어세인트의 손이 사라의 어깨를 붙잡았다.

"네가 우는 것을 내가 달래주고……. 안아주고. 아무것도 변하지 않을 거야. 그래."

위화감을 느낄 수밖에 없는 말이었다.

사라는 떨리는 눈으로 퓨어세인트를 바라보았다. 지금 퓨어세인트의 눈은 사라를 보고 있었지만, 이상하게도 사라는 퓨어세인트의 시선을 느낄 수가 없었다.

그녀는 대체 무엇을 보고 있는 걸까. 사라는 자신도 모르게 한발 물러섰다. 의문에 대한 답은 곧바로 떠올릴 수 있었다.

"네가 필요하다면 전부 만들어줄게."

칼을 억지로 쥐며 강요하던 교회의 주교도. 수군거리며 질시하는 아이들도. 음흉한 시선을 보내며 혀를 핥던 교회의 어른도. 냄새난다며 코를 부여잡던 마을 주민들도. 질겅질겅 씹다 버린 나무껍질도. 뭔지 모를 뼈를 푹 끓여 우려낸 비린 국물도.

"행복할 거야."

퓨어세인트의 눈은 먼 과거를 보고 있었다.

그녀에게 있어서 프로아의 기억은 끔찍하지 않았다. 오히려 행복했다. 원하는 대로 신격이 될 수 있었고, 저버린 인간성을 사라를 보살피는 것에 이입하며 만족을 얻었다.

사라는 아니다. 칼을 쥐고 찌르던 감촉은 악몽처럼 남았다. 아이들의 수군거림에는 귀를 틀어막았다.

성녀 후보가 아니었다면 어른들에게 무슨 짓을 당했을지 생각만으로도 끔찍하다.

병들어 죽어가던 시절 모두의 시선이 두려웠다. 나무껍질은 다시는 씹고 싶지 않다.

비린 국물 밑바닥에 가라앉았던 뼈는 왠지 모르게 사람의 손가락을 연상시켰다.

"……돌아가고 싶지 않아."

뒷걸음질이 멈췄다. 더 물러설 수가 없었다. 어깨를 붙들어 쥔 퓨어세인트의 손을 도저히 뿌리칠 수가 없었다. 사라는 하얗게 질린 얼굴로 고개를 저었다.

"프로아는 지옥이었어."

퓨어세인트에게는 천국이었다.

퓨어세인트는 이해할 수 없었다.

프로아에서 사라는 자신을 사랑했다. 자신이 없으면 아무것도 하지 못했다. 그 시절은 사라에게도 행복했을 것이다.

주변이 지옥이었어도 둘은 분명 행복했다. 펑펑 울다가, 이쪽을 돌아보며 웃던 사라의 미소는 틀림없는 진짜였다.

병들어 죽어가면서도 자신을 보며 힘차게 웃던 미소도. 모두가 떠나고, 사실은 페레하를 제외한 모두가 죽어버리고. 오물이 가득한 방 한가운데에 홀로 누워서 절망해 있다가 다음 날이 되었을 때. 꽃과 깨끗해진 방과, 쌓인 음식들을 보며 짓던 미소도. 그 모두가 행복으로 가득 차 있었다.

"그러니까……. 돌아가고 싶지 않아."

"어째서?"

퓨어세인트는 고개를 삐걱 기울이며 물었다.

"……지금이 좋으니까."

"아냐."

사라를 붙잡은 손에 힘이 들어갔다. 온갖 추악한 감정이 퓨어세인트의 눈에 얼룩을 만들었다.

잘못됐다. 너무 오래 뜸을 들였다. 사라가 처음 어비스에 들어왔을 때. 사라를 알아차렸을 때. 그때 주저해서는 안 되었다. 더 공을 들이고 싶었을 뿐이다.

묵을수록 재회의 기쁨이 커진다고 생각했다. 더 강하게 의존할 수 있는 상황을 만들고 싶었다. 그럴 만한 존재가 되고 싶었다.

그렇게 시간을 들였다가.

'빼앗겼어.'

백현만 없었더라면 모든 것이 매끄러웠을 것이다.

"내가 필요 없어졌구나."

퓨어세인트의 목소리가 낮게 깔렸다.

"괜찮아. 그럴 수도 있다고 생각했어. 필요 없어졌다면 필요하게 만들면 되는 거잖아."

숙였던 머리가 들렸다. 퓨어세인트는 사라를 보며 활짝 웃었다.

"난 네가 필요해."

하지만.

"함께 돌아가자."

그 바람은 여전했다.

퓨어세인트는 고개를 돌렸다.

[받아가마.]

츄릅, 하는 소리가 따라붙었다.

입술을 핥는 마신의 모습을 선명하게 떠올릴 수 있었다.

"못 돌아가."

사라는 눈을 질끈 감았다.

퓨어세인트와 마주 본 그녀는 백현이 무엇을 하는지 처음부터 보고 있었다.

그리고 멈추게 하지 않았다.

"안녕."

사라는 작은 소리로 중얼거렸다.

"페레하."

어둠이 퓨어세인트를 집어삼켰다.

To Be Continued

만 년 만에
귀환한
플레이어

나비계곡 퓨전 판타지 장편소설
WISHBOOKS FUSION FANTASY STORY

어느 날, 갑작스럽게 떨어진 지옥.
가진 것은 살고 싶다는 갈망과 포식의 권능뿐.

일천의 지옥부터 구천의 지옥까지.
수십만의 악마를 잡아먹고 일곱 대공마저 무릎 꿇렸다.

"어째서 돌아가려 하십니까?"
"김치찌개가… 김치찌개가 먹고 싶다고."

먹을 것도, 즐길 것도 없다.
있는 거라고는 황량한 대지와 끔찍한 악마뿐!

"난 돌아갈 거야."

「만 년 만에 귀환한 플레이어」

崑崙霸仙

곤륜패선

윤신현 신무협 장편소설
WISHBOOKS ORIENTAL FANTASY STORY

선대의 안배로 인해 시공간의 진에 갇힌
곤륜의 도사 벽우진.

"……뭐야? 왜 이렇게 되어 있어?"

겨우겨우 탈출해서 나온 그의 눈에 보이는 것은!

"정말, 정말 멸문했다고? 나의 사문이? 천하의 곤륜파가?"

강자존의 세상, 강호.
무너진 곤륜을 재건하기 위해 패선이 돌아왔다!

곤륜패선(崑崙霸仙)

'이왕 할 거면 과거보다 더 나은 곤륜파를 만들어야지.'